Um homem simples

Gustavo Romeu Amaral

Um homem simples

1ª Edição
POD

Petrópolis
KBR
2012

Edição de texto **Noga Sklar**
Revisão **Manoela Barbosa**
Editoração: **KBR**
Capa **KBR sobre desenho de Alberto da Veiga Guignard (Arquivo Google)**

ISBN: 978-85-8180-197-1

KBR Editora Digital Ltda.
www.kbrdigital.com.br
atendimento@kbrdigital.com.br
55|24|2222.3491

B869.3 – Ficção e contos brasileiros

**Gustavo Romeu Amaral** é formado em História pela UFMG e em Direito pela PUC-MG. Foi fotógrafo, dono de banca de revista, marcenaria, lanchonete, estacionamento e corretora de seguros. Trabalhou em transportadora e escritório de advocacia. Deu aulas de História em supletivo, cumpriu atividades em fundações sem fins lucrativos e exerceu a função de diretor geral no mercado siderúrgico, industrial e também no ramo de frigoríficos. Foi superintendente financeiro no Banco Minas de 1994 até 2000. Hoje é superintendente do Hotel Belo Horizonte Plaza, atua na área rural administrando o Grupo SODIPA e ainda encontra tempo para estudar Psicologia. É pai de dois filhos adultos, avô de uma linda menina, casado há mais de 30 anos e adora escrever. Pela KBR, publicou *Um tanto de Prosa*.

Email: gustavo.r.amaral@gmail.com

Aos meus pais.

Sumário

Um homem simples

Numa cidade pequena do interior mineiro, vivia um homem simples de nome José de Arimateia. Trabalhador rural por muitos anos, sabia tudo sobre plantar e colher. Não era uma pessoa com grande cultura formal, mas possuía um conhecimento que adquirira na lida. Era comum ser procurado para ensinar como plantar num terreno difícil, numa encosta ou num brejo, e a todos respondia com medidas práticas e corretas. Não cobrava por seu serviço, pois dizia que o que aprendera lhe fora dado por Deus, só tinha observado e escutado o que Ele dizia. A cor da terra, o vento e sua direção, algumas plantas que por ali nasciam, lhe contavam segredos para muitos indecifráveis.

Com o tempo e com a aposentadoria, passou a atender também aqueles que o procuravam para aliviar uma dor por meio de um chá ou outro recurso do qual era conhecedor. "Seu Zé", como o chamavam, aprendera na infância a fazer uso das plantas, mas costumava dizer que elas não substituíam um médico quando o caso era de corte ou então de muita dor. Dizia que sua finada mãe só tratava da prole com o que colhia na horta na precisão, pois doutor era luxo que não existia na região. Mas nenhum dos doze filhos que teve sofreu dos males que, na época, todos diziam ser sem solução.

Assim, com o passar dos anos, os cabelos ficaram totalmente brancos, contrastando com a cor negra de sua pele, parecendo algodão no campo. Mas o que cativava a todos era o sorriso fácil e a alegria natural daqueles que vivem em paz, atributos que ele dizia que desde menino trazia, pois para todo lado que olhava só via beleza e deslumbramento. A mãe às vezes implicava com ele:

— José, para de olhar o passarinho e vai à venda buscar o que pedi!

— Mas, mãe, ele está fazendo o serviço com um capricho que nunca vi!

A mãe olhava o menino, que sorria para ela como se tivesse descoberto um milagre. Não conseguia resistir à alegria do garoto e, sorrindo, chamava sua atenção:

— Está certo, está bem feito de dar gosto! Mas vá fazer o que pedi! Vá logo, seu moço!

— Agora mesmo, mamãe! — O garoto lhe dava um beijo e, correndo pela estrada no sentido, ia cumprir o prometido.

Com a aposentadoria, José só ficara por conta do ajudar. Habitava uma casa pequena, num terreno que comprara na periferia do lugar. Morava só. A companheira de vida partira há alguns anos, tranquila, mesmo com a dor doída. Deus não quisera que tivessem filhos, mas tinham aceitado essa tristeza com resignação, e viam em todas as crianças da vizinhança os filhos que não puderam ter.

Agora José saía pouco, mas continuava atendendo a quem o procurava. Se não tinha o remédio na horta, oferecia uma palavra para aliviar a dor do amigo que sofria. Na verdade, mais escutava do que dizia. Quanto mais velho ficava, mais sua mansuetude crescia. Seu sorriso generoso a todos acolhia:

— Vai melhorar, meu filho! Tristeza é erva daninha que dá em todo lugar. Mas o sol que brilha de Deus não deixa ela se espalhar. Confia Nele!

— Não, menina, não briga com sua mãe! Ela te trouxe ao mundo pequenina, igual muda em flor. Agora que você está crescida, não esqueça quem protegeu sua vida e lhe deu calor quando você dormia, quando a noite era fria. Ela agora está mais velha, é como uma árvore bonita que já não dá flor, mas precisa do carinho daqueles a quem deu amor.

Sua casinha simples abrigava a todos, com a palavra amiga e o desejo sincero de aliviar o padecer. Já não cuidava do corpo, mas ouvia a alma.

O verão estava chegando e começou a chover forte na região. Uma moça da cidade, formada em Direito e de boa educação, chegou à casa de seu José olhando-o com admiração:

— Bom-dia, seu Zé!

— Bom-dia, menina, entra!

A moça entrou devagarzinho; seu Zé estava sentado na cadeira de balanço que ficava na varanda, encostada em um canto. Sorriu para a visitante e lhe ofereceu um banco, que compunha com a cadeira tudo o que tinha e mais um tanto. A casa ainda tinha uma pequena sala, um quarto menor ainda, uma cama e um jardim. Havia também um banheiro, só com o necessário. No fundo, o fogão de lenha, e bem perto, um casco de jabuti. Cobria todo o conjunto um telhado de duas águas, que já mostrava, sem as mágoas, que o tempo morava ali.

Adriana — era assim que a moça se chamava — tinha adoração pelo senhor à sua frente. Conhecia desde menina o homem que naquele instante lhe sorria. Num tempo não tão distante, sofrera um grande abalo com a perda de um ente querido. E ali, naquela casa pequenina, encontrou um grande coração, que a acolheu e escutou aquilo que ela contou quando tudo lhe parecia sem remédio. Ela não sabia como, mas, ao encontrar tanta paz e consideração, pôde chorar sem receio e dizer o que lhe apertava o peito. Seu Zé não falava, mas a escutava com atenção. Quando, enfim, falou, segurou suas mãos: "Minha filha, deixe suas lágrimas levarem a dor que ficou presa em seu coração. O tempo, devagarzinho, vai se ocupar com carinho do que parece sem solução."

Levantando os olhos e encontrando os dele, ela viu que era verdade. Viu que o que fica com a gente é o carinho que se chama saudade.

— Seu Zé, vim ver como o senhor está, se precisa de alguma coisa e se eu posso ajudar — disse a moça, retornando do passado, respirando devagar.

— Não, menina, eu estou bem! Protegido pelo Deus menino, não precisa se preocupar!

Nesse instante ouviu-se um barulho forte, um raio cruzou no norte e a chuva, sem cerimônia, desceu de uma vez, molhando a única rês que pastava, sem ligar. Debaixo da varanda, os dois amigos protegidos não se importaram de esperar, mas as telhas, com o vento, deixavam entrar um pouco do tormento que estava do lado de lá.

— Seu Zé, eu queria pedir uma coisa, se eu puder lhe falar!

— Diga minha filha, fale sem se avexar!

— Eu queria poder arrumar seu telhado e a casa, pois tenho

medo de que, com esse tempo, o senhor possa se molhar — ela disse, olhando para dentro e vendo que um pouco do tormento se espalhava por todo o lar.

Seu Zé sorriu com seu sorriso de menino. E lhe disse, assim sorrindo, que, se ela quisesse, podia ajudar. Ela partiu dali quando a chuva amainou, prometendo voltar.

Quando o sol chegou, todos os que tiveram notícia da necessidade vieram num rompante trabalhar. E trocaram o telhado, as portas e os batentes, até o fogão doente se deram ao trabalho de arrumar. A casa ficou uma belezura, as paredes pintadas de branco e as janelas de verde.

No dia seguinte, quando tudo ficou pronto, a menina retornou à varanda de seu benfeitor. Vendo o homem que tanto amava, perguntou:

— Seu Zé, não ficou lindo? O que o senhor me diz?

— Ô filha, ficou lindo demais. Estou muito feliz!

— Gostou da casa?

— Muito! Ela, mesmo machucada, junto com Deus, sempre me protegeu. Mas sou mais feliz agora, porque você fez o que lhe apeteceu. Eu agradeço de coração o que você me deu!

Beira do mar

Era um dia de sol, desses que só parecem ocorrer no verão, quando o astro-rei acorda despido de qualquer preguiça e ilumina o céu sem regatear seu brilho. O azul contrasta com o amarelo, refletindo as águas cristalinas do mar. Pequenas nuvens surgem, tímidas, querendo ocupar um pequeno espaço. A praia, ainda deserta, se estende a perder de vista. Somente alguns surfistas madrugadores se aventuram no mar. Ondas se formam delicadamente e, de repente, num impulso inexplicável, ganham altura e movimento, num instante sincronizado, de rara beleza e força.

O dia segue tranquilo. Mais um pouco e as primeiras famílias chegam ao recanto para aproveitar a manhã. Poucas se animam nesse horário; é cedo para os jovens e os mais velhos chegam devagar. Naquela época, nos anos 1970, ainda havia praias quase inexploradas, que aos poucos eram descobertas. Essa era uma delas.

Eu tinha cinco anos e levava numa das mãos meus instrumentos de trabalho: balde de plástico verde; uma pazinha da mesma cor, para movimentar areia; três moldes do mesmo material em forma de peixe e um em forma de estrela-do-mar. Estes últimos, quando pressionados contra a areia, formavam um aquário terrestre. Finalmente, eu trazia, além disso, dois de meus soldados de brinquedo preferidos para guerrearem no meu deserto de areia particular.

Mamãe, segurando a minha outra mão, tinha dificuldades para me conter. Afinal, chegamos ao local que ela considerava adequado, onde desenrolou a esteira de vime que carregava em sua sacola e armou o pequeno guarda-sol para nos proteger. Ela o colocara sob um de seus braços, num equilíbrio difícil, mas necessário. Me sentei imediatamente na areia, ocupando o meu espaço natural.

Começando o trabalho, fiz um enorme buraco, segundo os meus cálculos, e só parei quando encontrei certa umidade. Com o material dali retirado, criei vários peixes e estrelas marinhas. Tracei, então, um caminho tortuoso na areia e escondi, atrás de um monte erguido para este fim, um dos meus soldados; com o outro, passei, distraído, em frente ao inimigo.

Enquanto me entretinha nessa batalha de escaramuças, mamãe aproveitou minha distração e me untou com Coppertone, me envolvendo numa camada branca de protetor solar. Só percebi o ocorrido quando ela interrompeu a batalha imaginária para passar no meu rosto o creme detestável e, para mim, completamente desnecessário. Apesar das minhas caretas e reclamações, ela terminou o serviço que se propôs fazer e só então advertiu:

— Paulinho, fique debaixo da sombra!

Meu Deus!, pensei com meus botões, *eu com tanta coisa para fazer e minha mãe me interrompendo!* Nem escutei direito as palavras dela, às quais respondi automaticamente, com um movimento de cabeça.

O dia seguia sossegado; eu já tinha terminado minhas batalhas e meus peixes e estrelas-do-mar jaziam esquecidos ao meu lado. Tinha entrado duas vezes no mar sob a supervisão de minha protetora, pois estávamos a poucos passos da água e ela seguia meus movimentos toda vez que eu me preparava para mais um mergulho.

Depois de certo tempo em que me diverti, correndo atrás de um pequeno siri que tentava capturar, pedi a ela para catar algumas conchinhas para levar para casa. Minha mãe assentiu, não sem antes admoestar:

— Não se afaste muito! E não entre na água!

Depois de uma segunda sessão de tortura de Coppertone, me vi livre e iniciei minha nova atividade. Enquanto minha mãe voltava seu olhar para a *Revista Cruzeiro*, me sentia imensamente feliz. Havia conchas de todas as cores e matizes, mas as minhas prediletas eram as cor-de-rosa, quase translúcidas. O grande tesouro, porém, eram as que pareciam ter uma estrela do mar impressa nas costas, raras, difíceis de encontrar, objeto de desejo de qualquer criança. No encalço de minhas preciosidades, comecei a me afastar do local demarcado.

A mãe, no início, controlava pela voz:

— Paulo, volte para cá, menino!

Contudo, com a chegada de uma amiga, ela se distraiu por um instante, o suficiente para que eu me afastasse de suas vistas, entretido como estava em minha função. O sol já estava a pino e eu, com o balde quase cheio, continuava minha peregrinação. Enfim encontrei a tão almejada concha: havia uma flor estilizada no seu costado e ela estava perfeita.

Dando-me por satisfeito, voltei para a direção contrária e então percebi que tinha me afastado mais do que imaginava. Estava quase no final da praia; as pedras que antes tinha remotamente avistado se encontravam ao meu redor. Apesar de não saber a distância, sabia agora que estava longe do lugar da partida. Comecei a caminhar de volta. O boné que tinha na cabeça me protegia, mas mesmo assim sentia calor e sede.

O balde cheio de conchas começou a pesar em minhas mãos. Não sei o quanto andei e quanto tempo demorou minha volta. Só sei que, para mim, pareceu uma eternidade. Já com certa apreensão me tomando (que mais tarde reconheci como medo), apressei o passo. Procurava o rosto de minha mãe no meio da multidão. A praia, embora afastada, já se enchia de pessoas e barracas. O que havia sido um vago temor se transformou, claramente, em pânico.

Eu caminhava já há algum tempo e o receio de estar perdido se apossou de mim. Nessa hora ouvi uma voz que me soou como a de um anjo:

— Paulinho!!

Era minha mãe. Em seu rosto, vi o mesmo sentimento de perda que eu experimentara há pouco. Entre lágrimas e abraços, balbuciei ainda trêmulo:

— Desculpe, mamãe! Eu achei que estava perto!

Ela nada disse. Abraçou-me ainda mais forte, me carregou em seus braços. Fechei os olhos e, com o rosto apoiado em seu ombro, me deixei levar. Protegido e seguro, senti seu amor me envolvendo e lentamente adormeci.

O AMOR FALA MAIS ALTO

Eu a conheci há muitos anos, quando trabalhava com meu pai num armazém de secos e molhados no centro da cidade. Irmã Paula nos visitava uma vez por mês. Por mais estranho que pareça, eram grandes amigos.

Meu pai, árabe, com nariz proeminente, olhos negros e um grande bigode, impunha respeito e dava medo a quem não conhecia seu coração. Seu Elias era famoso pela pouca paciência e rispidez. Sua voz, alta e acostumada a mandar, era famosa na região do comércio varejista da cidade.

A amiga era o oposto: tinha um semblante sereno, pele alva e uma voz calma e delicada. Seus olhos, porém, eram o que a todos cativava. De um tom âmbar, mais para o verde que para o castanho, tinham um brilho e uma energia tão intensos que a faziam mais bela. Sim, era uma bela mulher! Apesar do hábito de freira, não havia como não notar sua beleza natural.

Em garoto, eu a olhava com respeito e admiração. Para mim, ela era como aquelas imagens de santa que tínhamos em casa, na sala de jantar. De origem libanesa, éramos católicos praticantes.

Irmã Paula fazia justiça à minha imaginação. Meu pai comentara com minha mãe, mais de uma vez, a respeito de sua coragem e determinação na tarefa de cuidar de crianças abandonadas. Mantinha, com o auxílio de algumas outras religiosas e a ajuda financeira de alguns comerciantes, entre eles meu pai, uma creche com mais de 50.

Era de origem italiana e, pela educação e cultura, revelava uma origem nobre. Com sua identidade resguardada pelo nome que adotara ao assumir o hábito, não revelava nada de seu passado ou de sua família, que ainda morava em Roma. Viera para o Brasil aos vinte anos, em missão da ordem religiosa que desposara, e que tinha no cuidado e abrigo de crianças órfãs seu objetivo principal. Embora atualmente tivesse vivido no país o mesmo número de anos que vivera em sua pátria, ainda trazia um leve sotaque que denunciava sua origem, apesar de se dirigir a todos num português fluente e correto.

Toda sexta-feira, após o expediente, enquanto eu voltava para casa com o necessário para o almoço de domingo, meu pai ia ao encontro dos amigos do comércio, no bar da região. Sua intenção era rever os patrícios e conversar, pois não era homem que gostasse de beber. Enchia um copo de cerveja e pedia um quibe. Enquanto comia e conversava com os companheiros, fingia que bebia.

Naquela sexta, porém, algo diferente aconteceu, pois já passava das sete horas da noite e ele não chegava. Enquanto minha mãe arrumava a mesa do jantar com uma mal disfarçada intranquilidade, eu terminava meu banho. Normalmente eu tomava banho após o jantar, mas como meu pai não viera na hora habitual, minha mãe inverteu a rotina. Eu mal tinha acabado de me arrumar, quando ouvi o barulho da porta da casa e a inconfundível voz anunciar:

— Luciana, cheguei! Vamos jantar!

Minha mãe mandou-me sentar no lugar de costume, enquanto ela colocava a travessa de sopa sobre a mesa. Um aroma conhecido aumentou meu apetite, mas, aos 12 anos, eu já sabia a ordem das coisas. Meu pai veio do quarto, já sem paletó e com o perfume do sabonete ainda em seu rosto e nas mãos, e sentou-se à cabeceira da mesa. Minha mãe o serviu, em seguida serviu a si mesma e por último meu prato surgiu diante de mim. Ao ver a carne e as batatas, quase me esqueci das orações. Me recompus e me detive a tempo, enquanto meu pai agradecia o alimento que Deus nos proporcionava.

Comemos em silêncio, saboreando a refeição e a companhia reconfortante uns dos outros. Após terminarmos, fomos juntos para a sala de estar, pequena, mas acolhedora. Meu pai sentou-se em sua poltrona e acendeu o abajur, que se encontrava sobre a mesa ao lado do móvel. Iluminado o caminho, ligou o rádio num movimento conhecido. Minha mãe sentou-se diante dele no sofá de dois lugares e pegou a cesta de tricô. Eu me sentei no chão, simulando ler um livro enquanto aguardava os acontecimentos. Meu pai procurou sua estação preferida; o som e a voz de Nat King Cole se ouviram ao fundo e então ele começou:

— Você não sabe o que aconteceu hoje!

Minha mãe levantou os olhos de seu trabalho, dando ao amado a atenção requerida.

— Estávamos conversando, lá no bar do José, quando chegou o Rachid, pediu um copo de cachaça e virou de uma vez. E você sabe que ele não bebe!

Eu escutava com o cabelo em pé, sem me mexer, com medo de me mandarem dormir, mas o perigo passou e meu pai, entusiasmado, continuou a história. Contou que estabeleceu com o recém-chegado o seguinte diálogo:

— O que é isso, homem?! O que aconteceu?

Rachid olhou para os companheiros, com vergonha, e disse:

— Eu estava lá no armazém, carregando o caminhão novo todo feliz, quando chegou o fiscal da prefeitura e pediu para ver a documentação da mercadoria. Estava tudo certo, mas o sujeito era arrogante e começou a gritar comigo. Disse que eu o estava enrolando... Vocês sabem que eu faço tudo certo! E aquele sujeitinho resolveu me desacatar na frente dos funcionários. O sangue me subiu à cabeça! Começamos a discutir, ele me deu uma multa e foi embora. Nessa hora, enquanto eu ainda ruminava minha raiva, quem chega? Irmã Paula! Eu ali bufando e ela sem saber de nada me chamou de um jeito todo calmo:

— Seu Rachid!

Eu me virei, mas não a enxerguei e gritei:

— O que a senhora quer?

Ela se assustou. Com todo jeito, esclareceu que percebia que chegara em uma hora errada, mas a necessidade era grande e ela se lembrara dele, que nunca lhe faltava quando não havia outra solução.

Nessa hora, explicou meu pai, Rachid limpou o nariz com as costas da mão para esconder a lágrima e o desconforto, e prosseguiu:

— Eu olhei para ela e soltei os cachorros: "Mas não é possível, a senhora veio aqui não faz uma semana e já está de volta! Será que não chega? Só pede, só pede, parece um saco sem fundo!" Ela ouvia em silêncio, e eu ali xingando e gritando até babar...

O comerciante parou de novo e o grupo, ansioso, aguardava o

final. Eu, olhando para meu pai, nem respirava, aguardando também. Ele não se fez de rogado e continuou:

— Então, homem de Deus? — perguntei ao desafortunado amigo.

— Então! — respondeu ele — Então! Ela me olhou com aqueles olhos que ela tem, mas eles estavam com um brilho diferente, brilhavam ainda mais que o normal. Seu rosto estava ruborizado e percebi que estava quase chorando. Ela então respondeu:

— Seu Rachid, noto que não cheguei numa hora ruim; na verdade eu tinha a obrigação de perceber que algo o chateava muito. Mas escutei tudo o que o senhor disse, e me parece que o senhor tem razão. Eu peço muito e peço sempre. E deveria estar atenta ao modo como me aproximo das pessoas. Elas podem estar sofrendo e eu não ser capaz de perceber. Hoje à noite, em minhas reflexões, pedirei a Deus que me torne mais lúcida e cuidadosa, mas sou obrigada a voltar ao senhor, não por minha causa, pois já tive o que merecia, mas por aquelas que me trouxeram até aqui: as crianças. Infelizmente nesta semana não nos sobrou nada para alimentá-las. Por isso retorno mais uma vez à sua presença e lhe peço por elas, pois o que é meu eu levarei comigo. O senhor pode ajudá-las?

Depois de uma pausa interminável meu pai concluiu:

— Nessa hora, todo mundo no bar engasgou; o Rachid, então, chorava igual a um menino!

— E o que ele fez? — perguntou, de forma inusitada, minha mãe.

Meu pai, quase surpreso, concluiu:

— Ele mandou encher o caminhão de arroz e feijão e mandou levar para a creche da irmã! — Sorriu para minha mãe, ela lhe sorriu e nada mais foi dito.

Quanto a mim, até hoje guardo na memória esse dia: o dia em que o amor falou mais alto!

Coragem e solidão

Um homem se aproximava da casa, lentamente. Vez por outra, o Coronel Juca da Prata, como era conhecido na região, mandava arrear Sansão, um tordilho manga-larga marchador que fazia bonito na região — rotina que o velho Coronel mantinha com o passar dos anos, fato já conhecido por todos. Enquanto Dona Iaiá ia com a filha mais velha à Igreja, o senhor das terras montava em seu cavalo e partia em marcha tranquila, sem destino certo.

Não pretendia com isso fazer pouco caso do Padre Zeca ou desfeitear a mulher. Tinha adquirido esse costume no passado, quando primeiro pisou na região do Baixo São Francisco, com uma mão na frente e outra atrás. Conseguiu emprego numa fazenda da região e trabalhou duro, de domingo a domingo — durante a semana, na fazenda que o empregara, e aos sábados e domingos participando de rodeios e vaquejadas. Ganhou algum dinheiro com isso e assim conseguiu comprar seu primeiro pedaço de terra; força de vontade e determinação fizeram o resto.

Não se esquecera de Deus, somente se desculpava por não ir à missa. Habituara-se a rezar em separado. No silêncio da madrugada, sentia a presença do Criador enquanto vigiava a boiada. Ali, esperando o dia amanhecer e aguardando um companheiro que o rendesse na função, se deixava ficar em cima da sela. Olhava para o céu estrelado e sentia a presença Dele: no céu estrelado, na lua que iluminava o campo, no gado que descansava na várzea... tudo era Ele!

Com o tempo, ficou rico, mas o costume de ir a missa aos domingos ficou para sempre perdido. O padre insistia, ele não dizia que sim nem que não, mas talvez. Assim, como se tudo estivesse combinado, não ia. Mas fazia questão de ajudar nas obras da paróquia e socorrer os pobres. Ficou, portanto, estabelecido que, enquanto Iaiá ia fazer suas preces na Casa do Senhor, ele saía para visitar seu jardim.

Gostava de perambular. Sansão marchava alegre e, apesar da idade, carregava o cavaleiro com prazer. O coronel se deixava levar ao acaso. Pegava alguma das inúmeras trilhas que se abriam no pasto, como veias finas em cima da terra, e seguia por uma delas sem se preocupar.

Tinha um apreço especial por aqueles que o tinham ajudado a fazer fortuna no passado, levando as boiadas para o abate, enfrentando o pó, a distância, o calor e o frio. Patrão e empregados, nessa ocasião, eram bons companheiros. Ia pensando nisso, quando se viu diante da casa simples de um antigo subordinado, Belmiro, vaqueiro antigo, companheiro dos primeiros tempos, quando a fazenda era só um pedaço pequeno de chão e ele podia pagar pouco a quem o ajudava a cuidar da criação. Puxou as rédeas; a montaria parou sem esforço.

Sentado diante dele, num banco de madeira, trançando um balaio, Belmiro se concentrava na função e não viu o patrão se aproximar. Só o latido da cadela, que o coronel ainda não havia avistado, chamou sua atenção, e então ele saudou:

— Bom-dia, Coronel!

— Bom-dia, Belmiro!

— Vamos chegar!

O Coronel sorriu e aceitou o convite. Enquanto descia da sela, ouviu um rosnar e um aviso em seguida:

— Quieta, Cigana! Vai deitar!

A cachorra olhou para o dono e voltou para debaixo do banco, onde estava desde o começo da conversa.

— Desculpe, Coronel, mas ela vigia a casa e a família e não faz distinção.

O coronel olhou sem ressentimento para a cadela. Sabia dar valor a um animal que auxiliava na proteção. Aproximou-se do antigo empregado e lhe apertou a mão.

— Maria! Traz uma cadeira para fora que chegou gente importante.

Uma mulher de meia-idade chegou até a porta e, reconhecendo a visita, se achegou, enxugando as mãos no avental que trazia amarrado à cintura.

— Gente, que satisfação! Seja bem-vindo, Coronel!

Apertou a mão da visita e já saiu avisando:

— Só um instante, que vem aí um café que acabei de passar. E ainda tem um bolo de fubá que está acabando de assar.

O velho fazendeiro gostava era disso, o convite simples e sem--cerimônia: era o que lhe dava a certeza de que a vida valia a pena. Enquanto os dois homens conversavam, como dois iguais, a manhã corria solta, sem pressa ou necessidade.

Cigana, vendo que o dono não corria perigo, saiu do seu posto e se deitou mais à frente, tomando sol — que reluz sobre bons e maus — na confiança de estar em paz. Apesar de ser de porte médio, o pelo branco brilhando ao sol fazia com que ela se destacasse. Na cabeça bem feita, somente uma orelha marrom parecia destoar num primeiro instante, mas, em seguida, agradava a harmonia da combinação. Os olhos negros e brilhantes, assim como o focinho, denunciavam no animal algo nobre e ao mesmo tempo selvagem. Se não soubesse de sua origem, um viajante desprevenido a tomaria por um cão de raça, de rara estirpe. O coronel olhou para a cadela e perguntou a Belmiro o porquê do nome.

Cigana, explicou Belmiro ao interlocutor, possuía uma necessidade natural de liberdade. Por isso, quando, por vezes, se ausentava da casa, ele sabia que um chamado mais forte fora ouvido por ela, que saía para caçar. No meio da capoeira, a cadela dava vazão a seus instintos mais primitivos. O nome remetia a essa liberdade pura e selvagem. Tendo natureza de cigana, assim o dono a chamava.

O coronel, ouvindo o velho peão, se deliciava com essas explicações puras, que só os homens simples têm. Belmiro tirou do bolso um pedaço de fumo de rolo e ofereceu ao patrão, que aceitou sem se fazer de rogado. Os dois ficaram naquele fazer sem precisão. Acenderam o pito e enquanto desfrutavam da companhia um do outro, voltaram a conversar:

— Sabe, Coronel, Cigana há muito se tornou da família — a cachorra, escutando seu nome, levantou a cabeça meio de lado, viu que tudo estava como antes, suspirou e tornou a deitá-la ao chão, voltando aos sonhos dos justos. — Digo isso com o coração aberto e vou lhe explicar a razão.

O homem idoso se encostou com gosto na parede da casa do antigo empregado e também com gosto, se pôs a escutar.

— O senhor lembra, depois que eu me aposentei da lida e consegui com sua ajuda comprar esta casa, sosseguei o facho. Tinha prometido para Maria que, quando esse dia chegasse, ficaria à toa, e isso eu cumpri à risca. Com o dinheirinho que eu guardava... que na verdade ela guardou, pois se dependesse de mim era tudo para o jogo e a bebida... nós conseguimos viver bem. Como eu gostava de caçar nas horas vagas, um amigo me deu esta porqueira — disse, apontando para a cadela. — Veio filhote, e por ser do jeito que, é logo tomei gosto pela bichinha. Além de caçar, a danada tem um senso de responsabilidade natural: vigia a casa como se fosse dela! Conquistou até o coração da Maria, que, o senhor sabe, não gosta de criação.

Belmiro fez uma pausa, levou o cigarro de palha à boca, aspirou e soltou a fumaça, num gesto prazeroso. O coronel, apreciando a narrativa, também fumou o seu palheiro. Ouvia atentamente e aguardava o desenrolar da história.

— O senhor se recorda, nós temos uma filha, que se casou com um rapaz que trabalha na farmácia lá na cidade, um moço bom — refletiu. E continuou: — Passados alguns anos, quando eu já estava acostumado com esta vida sossegada, não é que a menina teve uma criança? Um menino bonito como ele só! E para amolecer ainda mais o coração de um velho, puseram o nome de Belmiro... — disse, sem disfarçar a satisfação.

— O menino cresceu rápido e vivia aqui em casa. Num dia desses, ele, que já estava com dois anos, dormia num bercinho lá no quarto. Minha filha e o marido tinham ido a um casamento em Santo Antonio e ficou combinado que nós cuidaríamos da criança. No dia seguinte, à tarde, quando voltei da caçada com a Cigana, encontrei a Maria sentada na cozinha, mais branca do que a cadela. Apertava com a mão a barriga, vi que era caso de precisão. Coloquei-a na cama ao lado do menino e mandei a cadela vigiar. Ela entendeu na hora, deitou no chão na frente dos dois e ali ficou. Selei o burro e parti em disparada, fui correndo atrás do doutor. Só que o médico não estava em casa, e enquanto o aguardava, a noite chegou depressa. Com ela, apareceu enfim o médico. Já fazia umas seis horas que eu tinha saído, estava ali na maior aflição. Contei os fatos ao doutor. Ele nem apeou direito do cavalo e me seguiu de volta. Apesar de a casa não ser distante da cidade, eu me preocupava com Maria e a criança; o que me diminuía a procupação era saber que a Cigana estava com elas. Com esses pensamentos, fomos chegando, e quando avistamos a casa ouvimos um som estranho. Soava como um latido, mas ao mesmo tempo parecia coisa diferente. Na correria de buscar socorro, eu tinha deixado a porta da casa aberta. Quando nós entramos no quarto... eu vi! — interrompeu o relato com uma pausa prolongada, como fazem os que sabem contar uma história.

— No chão, perto do berço... Uma cascavel! Ela tinha entrado sem convite; enrodilhada, armava o bote. Olhando fixamente para ela igual uma louca, saltando de lado e fugindo dos ataques, Cigana latia sem parar. Estava rouca de tanto latir! — explicou o narrador, com espanto. — A criança chorava e Maria, sem forças, só rezava e pedia a Deus para ajudar. Eu entrei, peguei a cartucheira de caça que fica em cima da porta, e atirei naquele trem. Morreu na hora a maldita! Abracei a mulher e peguei o Miro no colo. Cigana veio para perto do bicho, se abaixou, latiu mais umas duas vezes e, então, deitou ao lado do berço. Tremia tanto, que eu achei que ia morrer! Passei a mão em sua cabeça. Ela me olhou, querendo dizer que tinha feito o melhor que pudera. Seu pelo estava molhado pelo esforço. O doutor começou a cuidar da Maria. Depois que o menino dormiu, peguei o monstro pelo rabo e fui jogar fora. Era cobra velha, contei mais de dez anéis no rabo! — ressaltou Belmiro. — Mesmo cansada, Cigana ainda veio atrás para certificar que não tinha mais perigo.

Falou isso e encerrou a narrativa. O dia já tinha corrido; era hora do almoço, o coronel suspirou e levantou-se devagar, esticando as costas.

— É! — pronunciou, algo pensativo, como se tivesse dito tudo. Colocou o chapéu na cabeça e se despediu do amigo.

Apertaram-se as mãos. O homem idoso subiu devagar e com certa dificuldade no cavalo, apoiando a mão esquerda na cabeça da sela. Agradeceu o café. Maria, com as mãos para trás, encostada na porta da entrada, escutara, silenciosa, o que tinha vivido, e levantou a mão com apreço.

O Coronel, antes de partir, deu uma olhada para o lado. Cigana se mantinha imóvel; aproveitando os últimos raios de sol, dormia pacífica. O visitante virou-se para Belmiro e disse:

— Deus conserve!

Esporeou o cavalo e partiu como tinha chegado.

Cão e gato

Recebi este fim de semana a visita do Zé. *Quem é o gajo?* — você deve estar se perguntando. Explico: Zé é o cachorro da minha cunhada Nancy — ou do meu cunhado Elmo, existe uma mal resolvida discussão entre eles sobre essa titularidade. Mas não importa. O Zé tem amor suficiente para os dois. Aliás, é disso que se trata esta crônica: o amor incondicional que o cão nos dá e que, com sorte, retribuímos na mesma moeda.

Para aqueles que duvidam desta verdade, um teste: coloque a esposa ou o marido, se for o caso, preso no porta-malas de um carro junto com um cão. Passado um tempo, abra-o e veja a reação dos dois. O cão, provavelmente, o lamberá feliz e satisfeito, acreditando que existe um motivo justo para estar ali; já o cônjuge...

Bom, o certo é que minha cunhada viajou e deixou o amigo fiel com minha filha e minha neta Ayla. Mariana é louca por cães e a pequena também os adora. Assim, devidamente acompanhado, Zé veio me fazer uma visita no domingo. Enquanto mãe e filha adentravam o recinto, nosso amigo canino não se fez de rogado, e rapidamente saltou sobre o sofá no qual eu displicentemente assistia a um filme. Deitou-se ao meu lado, virou os olhos para mim e me lambeu a mão, como se dissesse: "E aí, tudo bem?"

Fala sério! Vai dizer que não é bom receber um carinho gratuitamente?

Cocei sua orelha em retribuição e lá foi ele explorar o território. Por ser um poodle, ele tem uma agilidade impressionante e, se alguém duvida que cachorro fala, é só conversar com um. Na verdade, todos os que já tiveram e têm um cão me juram de pés juntos que, mais do que falar, eles compreendem tudo. Sabem inclusive quando não sentimos vontade de falar nada, só queremos companhia. Se isso ocorre, nosso amigo percebe, se aproxima sem alarde e por ali fica, ao nosso lado, perto ou um pouco distante. Poucas pessoas compreendem a nossa necessidade de espaço ou recolhimento como um cão sabe fazer.

Vocês podem se perguntar: como ele sabe tanto de cães? Meu conhecimento advém dos inúmeros animais que já julguei possuir, sendo que até hoje existe uma discussão sobre quem possui quem. Diferentemente dos gatos, dos quais falarei mais à frente, a posse, ou melhor, a entrega do cão a seu dono é indiscutível.

Vendo o Zé correndo pela sala, depois voltando e, com um salto circense, se acomodando ao meu lado, me lembrei de um amigo que partiu há pouco tempo. Seu nome era Calvin, e ficou com a minha família por 17 anos. Quando se foi, deixou um vazio enorme, que até hoje eu e Valéria, minha esposa, não conseguimos preencher.

Ainda me lembro de quando voltava tarde para casa depois da labuta diária e ele vinha me receber na porta. Eu, às vezes de mau humor ou nervoso com algo ou alguém, não lhe dava a atenção pedida. Ele não se amolava; desaparecia e daí a pouco trazia sua bola vermelha predileta à boca. Aproximava-se sutilmente e a soltava junto a meus pés. Um latido me dizia o que fazer; eu a tomava nas mãos e a lançava no corredor do apartamento. Meu amigo disparava incontinenti atrás da pelota, como se disso dependesse sua vida. Só essa corrida já divertia o olhar.

Em breve, lá vinha ele abanando o rabo e trazendo sua presa entre os dentes. E ali, os dois nos divertíamos, no pega-e-traz, nessa brincadeira inocente. A cada vez que a bolinha era lançada, ia junto um pouco da minha preocupação. Depois de certo tempo, como se tivéssemos combinado, nos sentávamos um ao lado do outro no sofá da sala. Eu ligava a TV e ali permanecíamos, felizes, na companhia um do outro. O Zé trouxe com ele as lembranças desse tempo.

Mas, divagando sobre esse amor canino, me vejo pensando nos gatos. O mundo praticamente se divide em duas espécies: os "cachorreiros" e aqueles que amam os bichanos. Eu me alio aos que amam os cães, mas confesso que mudei minha opinião sobre os gatos ao visitar minhas sobrinhas em São Paulo.

Nina, desde pequena, carregava Naná, a gata, para todo lado. Era de impressionar vê-la com a bichinha nos braços. Pelo modo como carregava o animal, eu vivia temeroso de que ela sofresse algum acidente, mas a gata parecia saber que a dona era uma criança e resistia tranquilamente ao transporte involuntário.

Numa ida dessas a São Paulo para visitar a família, me hospedei na casa dos pais dela. E, como de costume, me dirigi ao sofá da família para ver meu programa favorito. O cansaço me abateu e, com a TV ligada ao fundo, adormeci tranquilamente. Passado algum tempo, naquele intervalo entre o acordar e o sonho, sinto a presença de alguém junto a mim. Acordei e vi, deitada no meu colo, sem a menor cerimônia... a gata!

Naná dormia o sono dos felinos; um leve ronronar acompanhava sua respiração. Confesso que, passado o susto e o ímpeto de retirá-la do seu conforto, me atrevi a coçar sua cabeça. Ela abriu um pouco os olhos, me olhou, virou-se para frente e deixou-se ficar. E eu me vi, assim, cativado por uma gata, que se aproximou furtivamente e se deixou ficar.

Não sei quanto tempo se passou até ela se levantar e se afastar, mas, a partir desse dia, apesar de ter nos cães meus animais preferidos, vi que é possível gostar de gatos, que se aproximam e se fazem presentes de um jeito diferente.

Moral da história: quem tem cão caça com gato também.

LA DOLCE VITA

O semáforo estava fechado. De dentro do carro, com o ar condicionado ligado, escutando uma música, eu tentava me fortalecer para enfrentar o dia-a-dia. Enquanto, distraído, aguardava o sinal de largada, eis que atravessa à minha frente um senhor empurrando um pequeno carrinho de sorvete.

Para aqueles que não desfrutaram desse prazer, deixem-me explicar o que isso significa. Num passado não tão remoto, diante das escolas, vendiam-se sorvetes, churrasquinhos e balas. No meu colégio, o espaço era dividido entre três senhores: Batista tinha todos os tipos de gulodices e confeitos, e ainda os vendia anotando as compras numa caderneta que atiçava nossos desejos; Seu Bené era o rei do churrasquinho "de gato" (que apesar da alcunha, era delicioso); e finalmente o seu Chico, motivo de tantas lembranças, que vendia o sorvete na casquinha, o meu favorito.

Existiam dois tipos básicos, um branco e um rosa, que dividiam o mesmo espaço no recipiente que os acondicionava dentro do carrinho. O branco deveria ter um sabor diferente, mas passava bem longe a lembrança do limão do qual derivava seu nome. Basicamente, se diferenciava do rosa pela quantidade de açúcar, o colorido era mais doce e carregava um nome que impunha respeito: "Creme Holandês".

Não localizávamos bem o país nem a origem da guloseima, mas como quem a fazia era dona Maria, esposa do sorveteiro, isso não fazia muita diferença. O produto era artesanal de origem, e delicioso de se tomar. Seu Chico também era mestre em colocá-lo na casca, usando uma pazinha de madeira:

— Vai querer qual?

À pergunta de nosso amigo vendedor, a resposta era sempre uma só:

— Os dois!

Não havia como separá-los; a delícia gelada ficava mais atraente e saborosa em duas cores. Eu ia para casa desfrutando a iguaria, sem pensar em nada. Só sentia que, naquele instante, o mundo era doce e me pertencia... "Fun! Fun, fun!" — ops, o sinal já abriu, e a impaciência alheia me avisa da urgência.

Arranco devagar, como se não quisesse abandonar um sonho. Enquanto dirijo em direção ao trabalho, vejo ainda, um pouco mais além, que o carrinho está parado no passeio e, perto dele, uma criança junto à mãe recebe a esperada promessa. Não consegui ver muito mais, mas tenho certeza de que a criança estava feliz!

A TAREFA DIFÍCIL

O garoto andava descalço e ligeiro pelas ruas do vilarejo. Não tinha ainda 12 anos, idade necessária para ganhar o primeiro par de sapatos. Na cabeça, um chapéu pequeno o protegia do sol. Vestia uma camisa branca, e uma calça de brim que já fora bege compunha o resto do vestuário. A calça estava enrolada até quase os joelhos, facilitando, se preciso fosse, atravessar um riacho ou pular uma pinguela. Era bom para correr no campo atrás dos companheiros nas raras brincadeiras que a mãe permitia.

Ela era quem determinava sua vida. Depois da escola, era preciso ajudá-la a fazer os pães e biscoitos que sustentavam a família. Mas a pior tarefa era a que realizava vez por outra, como agora. Enquanto pensava na função, diminuía o passo.

De manhã, durante a semana, antes das aulas, saía com a cesta de pães na cabeça para entregá-lo junto com as roscas ainda quentes, ciente da responsabilidade e do castigo se a tarefa não fosse realizada a contento. Aos sábados, seu destino era pior. Era dia de cobrança. Diminuiu ainda mais o passo. Parou diante de uma casa humilde, que já conhecia. Bateu palmas como era o costume:

— Ó de casa!

Aguardou...

— E aí, Pedro! — sorrindo, o amigo surgiu à porta. — Vamos pegar passarinho? — propôs o companheiro de brincadeiras, animado e feliz.

Pedro, sem jeito, disse a que veio:

— João! Hoje não posso, tô trabalhando! — E, triste, completou: — Sua mãe está? Preciso falar com ela! — as últimas palavras saíram quase num sussurro.

O amigo perdeu a alegria da chegada, e se lembrou de quem o colega era filho. Sem dizer nada, compreendeu o motivo da visita, e, em silencio, foi chamar a mãe. A senhora se aproximou da porta e, abrindo-a lentamente, olhou a criança à sua frente, cabisbaixa, segurando o chapéu nas mãos, olhava para o chão, num desconforto evidente.

— Bom-dia, Pedrinho! Vamos entrar!

Sua voz doce, triste e cansada dificultava ainda mais a tarefa do menino. Com esforço, sem olhar diretamente para a mãe do amigo, agradeceu:

— Obrigado, Dona Angélica, mas não posso. — O assunto ficou mais difícil de abordar, mas a lembrança da mãe e sua vara de marmelo lhe deu coragem: — Minha mãe pediu para trazer para a senhora! — disse, tirando um papel do bolso e o entregando à devedora.

A mulher, algo resignada, tomou-o das mãos da criança. Apesar de vestida com simplicidade, tudo nela era dignidade. Ajeitou o xale nos ombros num gesto natural, olhou o valor no papel e disse ao menino:

— Espera um minuto, Pedro! — afastou-se, deixando a porta entreaberta.

O interior da casa surgiu sem aviso. Uma máquina de costura, com um vestido sendo executado, ocupava o centro do ambiente; o berço da irmã do amigo ao lado do lugar de trabalho, uma mesa pequena já gasta com o uso e quatro cadeiras um pouco mais à frente compunham todo o resto do mobiliário da sala. No fundo se via ainda um quarto pequeno e duas camas, uma ao lado da outra. A falta de muito mais já denunciava a precisão de tudo, ou quase tudo. Viúva e sem recursos, a mãe lutava com dificuldade para manter a família.

A mulher retornou à porta, e entregando algum dinheiro ao garoto, disse:

— Diga à sua mãe que pagarei o restante daqui a alguns dias.

Sem olhar quanto tinha à mão, Pedro a fechou com força, agradeceu e correu em direção ao caminho de volta. Enquanto o fazia, ressoava em sua mente o aviso da mãe:

— Diga a ela que se não pagar o que deve, não entrego mais o pão a partir de amanhã! Já tem um mês que não recebo nada...

Enquanto corria, a cabeça latejava. O suor lhe escorria pela face, tinha mais um tanto nas costas. O coração batia descompassado. Aproximou-se do lar. Diminuiu o passo. O corpo todo tremia, um aperto no peito, uma falta de jeito tomava conta dele. Sentou-se debaixo de uma árvore e apoiou o rosto nas mãos, sem saída, sem destino.

Depois de um tempo se levantou, e lentamente retomou o caminho. Chegou em casa, mas em vez de ir direto para a cozinha — onde a voz da mãe já ressoava com a ajudante — desviou-se e entrou no seu quarto. Abriu o armário, e do fundo, de baixo dos livros da escola, tirou uma pequena lata vermelha que já servira para guardar fermento. De dentro dela, retirou algumas notas guardadas há muito. Contou o valor certo e devolveu uma delas para seu lugar de origem, guardou tudo e saiu do quarto.

— Mãe!

— Fala, menino! Não vê que estou ocupada?

Estendendo a mão em direção a ela, falou:

— Dona Angélica mandou para a senhora!

Uma nota mais nova se destacava das outras. A mãe a reconheceu, mas nada disse.

— Anda, vai brincar! Não vê que estou trabalhando?

O garoto saiu em disparada, sem esperar outra ordem. A mulher se voltou para o trabalho, mas olhou para o garoto e, pela primeira vez, viu que ele tinha crescido.

Semana Santa

A Semana Santa em minha família sempre era vista com zelo e cerimônia. Com antecedência de dias, minha mãe já preparava o bacalhau para
o Sábado de Aleluia e eu sabia que, quando esse peixe chegava à nossa
casa, era o momento de rezar intensamente e fazer orações.

Eu não entendia o significado das palavras, mas, contrito, as re-
petia, unido às várias pessoas que visitavam o lar paterno para a novena
e eram, em sua maioria, mulheres e crianças. Tampouco compreendia
essa atividade; porém, acompanhava minha mãe à casa dos vizinhos,
que, por sua vez, viriam à nossa morada mais tarde. Então, reinavam
a solenidade e a tristeza: era clara a sensação de que algo muito grave
acontecia, eu só não sabia dizer do que se tratava. Diziam-me que cele-
brávamos a paixão de Cristo, que por nós morrera na cruz. Eu fingia um
falso entendimento, mas me perguntava por que lhe fora imputado tão
grave martírio. Nessa ocasião, eu ainda não fizera a primeira comunhão
e nem tinha idade para tal, por isso o conhecimento cristão vinha-me
picado aos ouvidos, num código que eu estava longe de decifrar.

A sexta-feira era o dia mais impressionante. Tudo era silêncio e
comedimento. Quando a tarde chegava, minha mãe saía para participar
da procissão que percorria as ruas do bairro. Eu não podia acompanhá-
-la, isso era privilégio de minha irmã mais velha; mas permanecia aguardando o cortejo, pois também passaria diante de minha porta. Agarrado
ao gradil de ferro do portão de entrada, quando o grupo finalmente se
aproximava eu me encontrava num estado de vigília e terror.

A lembrança da procissão do ano anterior me surgia confusa
e desconexa, e sua espera me provocava uma mistura de sentimentos.
Certa vez, mal acabava de pensar nos fatos de outrora, escutei os sinos

que precediam o cortejo. Com o rosto enfiado entre as grades, segui, ansioso, a evolução das pessoas: à frente o sacristão, carregando uma cruz processional de cobre, revestida por uma faixa de veludo roxo na qual um enunciado em latim dourado se destacava; em seguida, entrava o padre da paróquia, junto com os coroinhas, fazendo uma barreira dos dois lados e determinando o limite da caminhada; e atrás, os fiéis, entoando os hinos religiosos, primeiro os homens, depois as mulheres.

Diante desse espetáculo barroco, afastado dele pelo cuidado materno, eu acompanhava a evolução. De repente, uma mulher que vinha com um pano nos braços entoou um grito ou um canto que fez arrepiar todos os pelos do meu corpo. Num lamento choroso, abriu-o, e vi que o tecido mostrava a imagem de um homem com o rosto ensanguentado. Aterrorizado, e ao mesmo tempo fascinado, eu não conseguia tirar os olhos daquela aparição: a mulher, num movimento circular, exibia a todos a razão do seu sofrimento. Depois de uma breve pausa, se virou e seguiu adiante.

Ainda não havia me recuperado do impacto daquelas imagens quando uma nova surgiu na minha frente. Num caixão de vidro, vi o que parecia ser o cadáver de um homem seminu. Sem compreender o motivo de ninguém ajudá-lo, e paralisado com o sangrento espetáculo exposto a todos, eu apertava com mais força as barras de ferro do portão.

Sem parar diante de mim, contudo, o sofrimento contemplado acompanhou o ritmo das pessoas e se deixou levar. Paralisado, como se tivesse sido congelado no tempo, eu não conseguia processar tudo que acontecera. Só acalmei meu coração quando vi passar a mãe e a irmã, compenetradas e silenciosas. Minha mãe por um instante me olhou, sorriu de modo contido e continuou a caminhar.

Consegui soltar as mãos das algemas invisíveis que me prendiam e corri de volta para a varanda. Depois de uma hora, minha mãe retornou com meu pai e minha irmã. Vinham felizes; meu pai me tomou nos braços e me beijou, entramos em casa e fomos jantar. A alegria de todos me contagiou e, em pouco tempo, já tinha esquecido o terror que tinha vivenciado.

Passados tantos anos, quando essa semana se aproxima, um quê de fascínio e terror ainda toma conta de mim. Fecho os olhos e vejo a criança que fui agarrada a um portão; revejo as imagens, e mesmo hoje, compreendendo os símbolos, algo assustador me acompanha, algo que fala de um sofrimento incompreensível em sua totalidade, de um homem que, para muitos, ainda continua indecifrável.

Um homem e uma mulher

"Um homem e uma mulher" foi um filme famoso a que assisti em minha juventude. Não me recordo bem da história, mas me lembro de que o enredo versava sobre o relacionamento de um casal. O que ficou da película na minha memória foi a sensação aflitiva que o relacionamento dos protagonistas despertava: era como se aquele amor não fosse possível ou estivesse destinado a terminar inesperadamente.

Essas lembranças retornam quando analiso a conversa de um pai com um amigo do filho, em uma festa em que me encontrava. Por estar perto, não pude deixar de acompanhar o diálogo:

— E aí, Pedro, tudo bom?

— Tudo, seu Jorge!

— Tá namorando?

— Não...

— Igual ao seu amigo. Vocês são ruins de namorada!

— Acho que nós temos é muita opção!

O inusitado de tudo não está apenas no diálogo em si, mas na inversão de papéis. Antes, a preocupação era das mães com as filhas. Agora é dos pais com os rapazes. Pergunto-me se as moças estão mais disponíveis, se os homens estão mais seletivos ou se existe, por trás disso, algo mais que uma mudança de costumes ou revolução social.

Se antes, no filme evocado, a aflição era a premência de uma relação que podia acontecer, mas que de repente poderia encontrar seu fim, atualmente, na verdade, parece que ela nem sequer se inicia.

Hoje, tudo me parece um pouco descartável: copo, fralda, aparelho de barba, cílios, unhas... e também o amor. Muitos professam que este seria o verdadeiro sentido dessa experiência, "posto que é chama":

apagou, descarta. "Costuma-se confundir atividade física com exercício. Pegar um copo de água, por exemplo, é atividade, mas não é exercício" — usando uma analogia com essa fala de um médico, conclui-se que ter uma relação sexual não é ter um relacionamento amoroso.

Tenho outra percepção: vejo nessa troca incessante de parceiros — e vamos ser justos, não só por parte exclusiva dos rapazes, pois as moças de há muito também reivindicaram essa possibilidade, e a praticam — uma desilusão com o amor. O risco desse encontro afasta aqueles que dele se aproximam. O medo da traição afasta os corações, mesmo quando os corpos estão próximos.

A regra instituída por uma geração cobra seu preço; como tudo é permitido, não existe relação "segura", e é verdade, não existe proteção para o sentimento que surge. A vida é imprecisa, frágil e inconstante. Estar diante dela requer aceitar a impossibilidade de guiar o destino, mas isso não nos impede de nos encontrarmos com o outro sem tantas defesas ou armadilhas.

A coragem para se lançar do porto em direção ao desconhecido é recompensada pela sensação de que é possível alcançar um objetivo. No final, talvez um homem encontre uma mulher, ou talvez ela o veja primeiro. Nessa descoberta de uma terra inexplorada, em que o primeiro passo pode mudar uma vida, não há certezas, somente a oportunidade de ser feliz.

PERDER FAZ PARTE DO JOGO

Gosto de esportes, e como todo brasileiro, tenho um apreço maior pelo futebol — lembranças de outrora, quando acompanhava o esporte bretão, ao vivo e a cores. Com o tempo, com o surgimento de torcidas organizadas e as agressões físicas, perdi o gosto: o excesso de violência me afastou dessa convivência, como também a muitos outros. O que me atraía era a disputa, o imprevisto de uma vitória e a possível derrota.

Falo disso hoje não com saudosismo, mas tentando compreender uma mudança de visão das pessoas em relação ao sucesso. Há poucos dias, o melhor time de futebol do mundo, com o melhor jogador do planeta, perdeu a oportunidade de disputar mais uma final da Champion League, o maior evento futebolístico mundial tirando a Copa do Mundo: o Barcelona e seu craque Messi foram derrotados dentro de casa, e mais do que a torcida por seu adversário, grande parte das pessoas apreciaram o fato de que essa derrota ocorresse a esse time e sua maior estrela. Ou seja, o prazer não foi pela vitória de alguém, ou de alguma agremiação, mas sim pela derrota de outra.

Realmente, parece que o sucesso incomoda a muitos, que se colocam no papel de vítimas do mundo e da sociedade, em vez de assumir a responsabilidade por seu próprio destino. Quando se regozijam pelo fracasso experimentado por um grupo ou pessoa, dizem muito de si e de sua maneira de ver o mundo. Causa-lhes certo *frisson* ver alguém de relativo sucesso social exposto na mídia em situações constrangedoras, ou de falta cometida.

Sem querer isentar quem quer que seja por suas atitudes inadequadas, não chego ao extremo de ter prazer em ver a vida das pessoas exposta à execração pública, ou em testemunhar o fracasso individual de alguém diante de algum projeto que acalentou tanto.

No caso do Barcelona e seu melhor jogador, que personificam o sucesso pessoal e de grupo, isso para muitos é imperdoável: seu olhar procura a falha, o vacilo, a incoerência, por menor que seja, para apontar o dedo em riste, satisfazendo o seu próprio desejo de transferir à humanidade a responsabilidade por seu fracasso pessoal.

Para isso, nada melhor do que torcer pela desgraça alheia. Esquecem, porém, que perder ou ganhar faz parte do jogo, e que essa sensação só acontece àquele que se dispõe a correr riscos e se expor diante do outro.

Não se vence na sombra ou na esquiva. Na vida ou no esporte, ficar na torcida pela desgraça alheia é covardia: descer da arquibancada e enfrentar as dificuldades é que é a grande questão; se a vitória acontecerá ou não, irá depender de inúmeros fatores, mas a disposição para alcançá-la é a condição inicial para enfrentar a disputa. Não basta o desejo; a vontade em movimento é condição *sine qua non* para o cumprimento da tarefa.

No passado, eu praticava o esporte com prazer e entusiasmo. Com ele aprendi a lutar para conseguir alcançar um objetivo; aprendi ainda a atuar em grupo e a ultrapassar barreiras. Mas com as derrotas aprendi a aceitar as adversidades, os meus limites, e, principalmente, o fato de que o outro me superou em meu objetivo inicial. Aprendi também que perder faz parte da vida, e que neste jogo, mais importante do que a raiva e a mágoa é levantar a cabeça e partir para outra.

SONHO DE VERÃO

O sol forte e implacável a seguia pelo quintal, o calor e o peso do tacho acrescentando intensidade ao sofrimento. Colocou o peso no chão e começou a estender no varal as roupas recém lavadas. Enquanto criava um mural multicolorido, deixava seu pensamento fluir, divagava. O som do rádio, na beira do tanque, embalava seus devaneios. Ao buscar mais uma peça, tocou na água que se acumulara no fundo do balde de latão. O contato lhe trouxe a lembrança de um tempo passado.

Corria a criança, em alegria desmedida, atrás dos irmãos. O primeiro lugar era disputado palmo a palmo. Apesar das pernas pequenas, Judite era ágil e disposta; ultrapassou a irmã do meio, emparelhou com o mais velho e o superou também. O salto no ar foi precedido de um grito de alegria: iiiiiiiiphh! Em seguida, o contato com a água do rio, transparente e fria, o choque de alegria e surpresa após o mergulho. No retorno à superfície, a euforia estampada no rosto da criança:

— Ganhei, ganhei! — gritava a pequenina.

— Não valeu, Judite! Você me empurrou! — reclamou, com um sorriso nos lábios, o rapaz, jogando com as mãos um tanto de água no rosto da campeã.

— Para, Paulo! Você não sabe perder!

— Ei, vocês aí! A água tá fria?

— Pula logo, Ivone, você tá perdendo!

A menina, ressabiada, desceu devagar o barranco até a margem do rio e, com o pé descalço, tocou as águas, receosa.

— Tá frio! — disse a medrosa.

— Entra logo, menina, para com isso! — falou a pequena, decidida.

Dois anos mais nova que Ivone, Judith era diferente da irmã em tudo. Embora menor em tamanho, mostrava uma capacidade de liderança natural e conduzia a outra como se fosse a responsável por ela.

Paulo observava ambas com gosto; aos 17 anos, amava as duas de forma diferente: Ivone, toda carinho e dengo; Judith, a espevitada, um passarinho preso no alçapão, que não se entregava. Enquanto observava a discussão das duas, aproveitava o rio que o pai, dono daquele pedaço do chão, tão bem preservava.

A família tinha poucos recursos, mas era unida. Seu Juca ensinava a todos a necessidade de ter cuidado com a terra e as águas. Era daí que lhes vinha o sustento, o alimento e o pão. Enquanto pensava no pai, Paulo viu a menor das meninas sair e empurrar a irmã indecisa em direção à água. Mal teve tempo de acompanhar o diálogo:

— Para, Judith! Eu não quero entrar! A água tá fria!

— Você quer, sim! Só não sabe ainda! — dizendo isso, Judith empurrou a irmã em direção ao rio. Entre os gritos e discussões que vieram em seguida, todos começaram a molhar uns aos outros, e o que era reclamação se tornou brincadeira. Um sorriso iluminava o rosto de Judith.

— Mãe! O pai quer falar com você!

Despertada do sonho de verão, a mulher pediu à filha caçula que avisasse que ela ligaria dali a pouco, pois estava terminando de pendurar a roupa. Voltou o olhar para sua obra: as blusas, saias, camisas, calças e lençóis tremulavam ao vento. Vez por outra, um pingo de água lhe atingia a face. Abaixou-se e recolheu o tacho. O sol tocou seus cabelos: onde antes havia ouro, hoje se via prata. Seus olhos da cor do céu brilharam radiantes; eram vivos, e sorriam por si.

Ela se viu de novo, por um instante, como uma menina que o tempo não conseguiu apagar.

INQUIETOS

Inquieto: foi como me senti ao assistir o último filme de Gus Van Sant. Antes de qualquer comentário, todavia, preciso dizer que, em primeiro lugar, fiquei feliz pela tradução correta do nome da obra; não é prática, no Brasil, traduzir *ipsis litteris* o título das películas. Alguns exemplos: "Jarhead" recebeu a tradução de "Soldado anônimo" (no original, significa "Cabeça de Cuia"); "No country for old man", cuja versão seria algo como "Sem terra para homens velhos" virou "Onde os fracos não têm vez" e por aí vai. Mas, voltando ao assunto e desconsiderando a licença poética de nossos tradutores, a bem dizer, em "Inquietos" ("Restless"), a história tratada pelo diretor norte-americano nos coloca diante de três medos que nos inquietam: amor, juventude e morte.

Quando surge na juventude, o amor parece eterno; vem com tanta força e frescor que nos transporta acima dos picos mais altos do planeta. Essa sensação de vida e felicidade parece inesgotável; no filme, entretanto, nos deparamos o tempo todo com o espectro da morte, o sentimento da perda, o luto que invade a vida daqueles que só pretendem amar: sentimentos tão contrários se encontram e convivem sem ordem nem nexo.

É possível ser feliz sabendo que a morte está sempre junto a nós? O que parece contraditório define a vida, pois a morte, apesar de indesejada, se encontra ao nosso lado. Fingir que sua presença não existe não afasta seu espectro.

No filme, o casal encontra o amor, mas também tem próximos a morte e os sentimentos que ela traz: a perplexidade, a falta de sentido ou explicação. Jovens, os protagonistas sofrem diante dessa realidade indecifrável: se o amor surge sem pedir licença, fora do tempo e do lugar certo, ele não afasta aquilo que nos oprime, o que não está resolvido. Por outro lado, se a vida não se deixa extinguir antes do tempo e o tempo se dissolve no sentimento, o amor sobrevive aos dois.

Sabendo de seu destino, um dos que ama não se deixa tomar pela melancolia ou pelo desespero: absorve intensamente o prazer de estar vivo e feliz. Existe outra maneira de viver? Viver intensamente o presente, amar sem censura, aceitar a vida como ela é, e não como desejaríamos que fosse — estas questões surgem na tela e nos envolvem em pensamentos.

Um desconforto, um desejo de manter ao nosso lado aquele a quem amamos, mas que não nos pertence, acompanha a história. Quando chega a hora de partir, não estamos preparados para a viagem. Na verdade, não queríamos que ela ocorresse, e nos mobilizamos, como se tivéssemos forças para impedir o inevitável.

Sós diante dos trilhos, vemos o que nos restou daquele que partiu perplexo; tentamos ver além da fumaça que ficou na velha estação. De volta à história, nossos personagens seguem seu destino; na tela, um sorriso nos revela o imensurável. Estar ao lado de quem amamos não nos prepara para sua partida, mas nos revela, através das lembranças do que vivemos, que o amor não perece, e mantém vivos em nossos corações aqueles que amamos.

A Montanha Mágica

— João, acorde!

Parecia um sonho, mas devia ser realidade. Com dificuldade, o garoto abriu os olhos. Viu outros, carinhosos, pertos dos seus. Eram os de sua mãe. Ela passou a mão delicadamente nos cabelos dele e lhe deu um beijo na testa. Apesar da manhã fria, o menino se sentiu aquecido. Levantou o corpo, apoiado nos cotovelos, viu a mãe sair do quarto, ajeitou o corpo, assentou-se, virou-se para o lado. As pernas penderam livremente, sem ainda encontrar o chão. Sentiu algo frio encostando em seu pé; assustou-se por um momento, mas reconheceu o nariz:

— Ralf!

O cão saiu de baixo de sua cama já com o rabo abanando. Encostou a cabeça no colo do menino e esperou o afago. O garoto riu do companheiro e lhe coçou as orelhas. Saltou do leito, agora mais disposto. Trocou de roupa e foi para a sala, seguido pelo amigo.

Sobre a mesa, o bule de café, os biscoitos de forno e o pão recém assado acabaram de despertá-lo. Sentou-se no lugar de costume e sentiu algo tocar sua perna. Ralf trouxera sua vasilha e a segurava com os dentes. João riu, como fazia todas as manhãs. Tomou o recipiente do cachorro, lançou nele dois biscoitos dos grandes e um pedaço de pão, molhou com leite de ovelha o conteúdo e abaixou-se para pôr o pratinho no chão. O animal acompanhava com os olhos os preparativos que, com cuidado, o menino levava a cabo. Assim que a vasilha tocou o chão, começou com tranquilidade a comer.

— João, você estraga esse bicho!

A voz da mãe soava como recriminação, mas, acompanhada de um sorriso, dava ao menino a certeza da cumplicidade familiar. A casa, feita de madeira, era consistente, e o velho aquecedor de ferro aquecia o ambiente. Apesar de pequena, mostrava o apreço com que fora construída. Tinha apenas dois quartos, um único banheiro e uma cozinha que fazia a função de sala de jantar e de visitas — era a parte mais ampla da casa, e na limpeza dos cômodos se mostrava o cuidado e zelo de sua dona.

O sol bateu no costado daquele lar, devagar, invadindo o ambiente através da janela e dos vidros, ainda embaçados pelo frio da Serra Gaúcha. Enquanto João terminava o café, sua mãe preparava o pequeno lanche para o pai. Era tarefa do menino levar o almoço àquele a quem tanto admirava.

O pai já acordara duas horas antes e partira com as ovelhas em direção à pastagem ao sul de sua morada. João iria encontrá-lo e ficaria em seu lugar, até o pai trazer os cordeiros de volta ao curral que ficava ao lado da casa. Os pequenos eram de difícil manejo, e só com a experiência do pai e a ajuda de Lady, sua cadela, era possível realizar a tarefa de colocá-los no cercado. No total, o rebanho se compunha de 100 animais, entre ovelhas, cordeiros e um carneiro, todos da raça Merino Australiano, animais puros, próprios para a produção de lã.

Lady era mãe de Ralf, e ajudava o pai de João há mais de dez anos. Enquanto pensava na vivacidade da cadela, João caminhava com o amigo em direção ao sul. O cão, uma mistura de Bernese Montagne e pastor alemão, o acompanhava alegre. Apesar do tamanho (pesava em torno de 50 quilos), era delicado com o garoto. A mãe, de quem o filhote herdara o pelo tricolor, a robustez e os músculos, era Bernese; do pai, Ralf recebera a inteligência e o senso de guarda e responsabilidade: fora selecionado pelo criador de ovelhas na hora de vender os outros filhotes, e se mostrara uma excelente escolha. Enquanto o menino desaparecia no horizonte com seu animal, a mãe, na varanda, permanecia tranquila. João tinha apenas 9 anos, mas o cão tinha por ele verdadeira adoração e o protegeria com a própria vida.

O garoto caminhava com determinação; levava embrulhado em um pano o almoço prometido. Depois de mais ou menos uma hora de jornada, avistou, no alto de uma colina, a nuvem branca do rebanho envolvendo seu cume. Deu um assovio, colocando os dois dedos na boca. Um latido se seguiu: do outro lado, a resposta veio, imediata.

— Vai, Ralf!

O cão não esperou outra ordem e disparou como uma flecha em direção à mãe, que desceu em direção contrária, ao seu encontro. O pai do menino surgiu, devagar, atrás da cadela. Os dois cães se encontraram no meio do caminho e pularam um no outro como se fossem dois filhotes pequenos. O garoto se aproximou do pai e o abraçou:

— A mãe mandou para o senhor!

— Obrigado, filho! — Passou o braço nos ombros do menino e ambos se voltaram para onde estava o rebanho.

— Lady, Ralf! Chega! — a voz forte do pai se dirigiu aos cães. Como se uma mão invisível os contivesse, os animais diminuíram a euforia e seguiram atrás do homem e do menino.

O pastor sentou-se em uma pedra, já gasta pelo uso, com o garoto a seus pés. Enquanto o pai almoçava, Lady se dirigiu ao seu posto de vigília, no lugar mais alto do terreno, com o filho ao lado. Após o repasto, o pai se levantou. Sem dizer nada e por meio de assovios comandou os cães na tarefa planejada. Em pouco tempo os cordeiros foram separados das mães, para que essas pudessem descansar e se refazer da função materna.

— João! Agora é com você! — disse o pai, e desceu devagar com os cordeiros em direção contrária à que o garoto viera.

O menino assumiu o posto, sentou-se na pedra antes ocupada pelo pai e vigiou o rebanho. A essas alturas, Ralf já executava sua função, juntando uma ovelha desgarrada que se achara dona do próprio destino. Em pouco tempo, o barulho dos balidos de mães e filhos foi diminuindo, conforme aumentava a distância entre eles. O silêncio chegou sem pressa e se deixou ficar. Algumas reses se deitaram, outras começaram a pastar tranquilamente. O garoto contemplava os animais e sonhava; olhou para o céu, sentiu a brisa no rosto e fechou os olhos.

— Acorda, meu filho! Já está na hora da aula!

O pequeno abriu os olhos devagar: estava no seu quarto e a mãe o olhava com um sorriso curioso.

— Vamos, menino, já são 7 horas!

Levantou-se lentamente. O barulho da cidade grande despertando o trouxe de volta à realidade, que entrava sem cerimônia pela janela do apartamento. Caído ao chão, o livro mostrava na capa um garoto e um cão. O menino suspirou fundo, pegou o pequeno tesouro, marcou a página e se levantou para começar mais um dia.

Um dia qualquer

Em determinados dias, acordamos com uma sensação estranha. Sabemos o que temos que fazer, mas a vontade nos abandona mal levantamos da cama. Olhando a pessoa diante de mim, não a reconheço. O espelho se desembaça e faço a barba; uma certa tristeza me faz reconhecer aquilo que o tempo se encarregou de mudar. E o que me consola é saber que esse sentimento não perdura, pois a vida é mais determinada do que a melancolia.

Tomo o café ainda pensando no fazer inadiável; todos saíram, ainda tenho dois minutos para a última olhada no jornal. Levanto os olhos e vejo as horas que o relógio descreve preso à parede; por terem passado, já me definem a rotina. O ritual diário me acompanha: chaves, carteira, relógio de pulso; verificar na pasta se tudo está onde devia estar. Felizmente, o ânimo, nesse momento, começa a ser outro; afinal, um café quente afasta a tristeza remanescente e o sol que contemplo da janela me aquece a alma.

Enquanto aguardo o elevador, penso que o tempo também pode ser amigo. De fato, se estamos vivos, significa que ainda continuamos, diariamente, a escrever nossa própria história. A porta se abre; já estou decidido a aproveitar o dia. Enquanto desço alguns andares, me deixo levar sem ressentimentos. No quarto andar, uma pausa: minha vizinha, com o filho, entra nesse mundo até então solitário e me saúda com um "bom-dia". Respondo amável. A criança, que traz nas mãos dois carrinhos de brinquedo, me olha sem pressa e inicia uma conversa.

— Eu gosto de carrinhos! — diz o menino, com o sorriso da certeza das coisas.

— Você gosta? — dou corda.

— Muito! — retruca, e seu sorriso sem preocupações alegra o meu dia.

Sorrio de volta. Ele retoma a função, dirigindo seus veículos em estradas imaginárias. O elevador chega a seu destino. Toda uma nuvem cinza se desfaz pelo olhar de uma criança. Uma sensação tranquila e de esperança calmamente toma conta de mim.

É verdade, não sou mais aquela criança que brincava com seus carrinhos sem preocupação, mas este outro que ocupa agora o espaço e o tempo tem um novo lugar; neste mundo adulto, há coisas novas a realizar. Meu passado não me condena; o futuro me espera e irei ao seu encontro. Vejo-me subitamente rejuvenescido e determinado em minhas decisões.

A porta se abre. Mãe e filho saem à minha frente. Vejo-os partir. Olho a criança que, com seus gestos simples e palavras doces, me trouxera o bom ânimo da juventude perdida, que me leva de volta para casa. Mas eis que meu novo amigo se volta, lá na frente, e com um novo sorriso se despede:

— Tchau, vovô!

A CONSULTA

Ao entrar na recepção do consultório médico, me senti mais tranquilo. O cômodo, apesar de ser de bom tamanho, se encontrava repleto de pacientes. E eu, há muito, acredito que consultório é igual a restaurante de beira de estrada: se não tiver muito caminhão na porta, não é bom. Isso não quer dizer que o clínico tem que ser especialista em caminhoneiro; mas o grande número de pessoas aguardando o discípulo de Galeno nos reconforta e o recomenda aos nossos olhos, como profissional confiável.

Sentei-me no meu lugar e me preparei para o atendimento. Avaliei meu material: cópia de todos os meus últimos exames, e ademais os dos meus pais e avós (é de meu conhecimento que grande parte das nossas doenças é hereditária). Todas as radiografias que tirei desde criança até hoje também estavam lá, em ordem cronológica e levando em conta a gravidade da lesão. A relação dos medicamentos que tomo e que utilizei desde pequeno não poderia faltar, sem esquecer a preciosa caderneta de anotações dos efeitos colaterais que senti durante o uso dos mesmos.

Compreendo que a pequena mala que carrego com minha história pregressa pode incomodar meus colegas de infortúnio, mas já me acostumei a essas situações. Apesar das críticas que sofro, tenho claro para mim que levar meus calhamaços de medicina para melhor me informar sobre minha real situação e subsidiar o diagnóstico é direito meu, e não diz respeito a ninguém: a saúde, sobretudo a minha, vem em primeiro lugar.

Sentado, aguardando a consulta, observei a vizinhança. Reconheci, de imediato, um caso clássico de erisipela, uma tosse de origem alérgica e uma série de mazelas menores. Contive-me; evitei orientar os colegas de sala de espera e me dediquei a ler a minha última bula.

Era de tamanho razoável, e trazia alguns termos novos que exigiriam a consulta ao meu dicionário de psicofarmacologia. Excitado com tal possibilidade, já me preparando para abrir a mala e pegar um dos meus livros prediletos, ouço uma voz ao meu lado:

— Está tomando Predilex?

Levantei os olhos e fitei o interlocutor indesejado. Era mais ou menos da minha idade e tinha cabelos ralos, olheiras por baixo dos óculos. Tudo nele dizia que era desses gajos meio adoentados, que procuram se fazer de entendidos nas doenças dos outros e suas mazelas.

Respondi, querendo encerrar o assunto:

— Sim, tomo regularmente, de oito em oito horas!

— Excelente betabloqueador, com pouquíssimos efeitos colaterais!

Não sei se foi o tom da voz ou um suposto conhecimento médico que me irritou. O certo é que respondi na lata:

— Na verdade, é uma medicação nova e sua profilática ainda não foi devidamente avaliada.

Irritam-me profundamente esses cristãos novos. Afinal, estou com mais de 25 anos de visitas a consultórios médicos, hospitais e prontos-socorros. Sei distinguir, de longe, um hipocondríaco amador querendo se inserir no nosso meio.

O rapaz se deu conta de que sua dialética não era bem-vinda e se recolheu à sua cadeira, com cara de poucos amigos. Dali a pouco, abriu sua pasta, na qual pude perceber envelopes de exames e embalagens de medicamentos semiabertas. Ficou claro para mim que lá não havia nada de grande valor: alguns poucos antibióticos e uma ou outra caixa de ansiolíticos de uso comum da população.

De repente, do fundo dessa pasta indolente, ele me retira uma caixa de duas cores, com um tamanho maior que o habitual. A faixa preta tão querida se destacava da embalagem, ressaltando o azul e amarelo do fundo. O pilantra abriu seu pequeno tesouro e tirou de lá uma bula espessa, de mais ou menos 30 centímetros e boa conformação. Olhou-me com certo desleixo e pôs-se a avaliar o texto como um pretenso conhecedor.

Confesso que me causou considerável desconforto a atitude do vândalo, mas já enfrentei situações piores: por exemplo, quando fui recusado em algumas emergências hospitalares por ter retornado três vezes no mesmo dia com problemas diferentes, ou quando, de outra feita, exigi uma nova vacinação de gripe por ter constatado que a vacina não havia sido armazenada em temperatura adequada. Eu estava preparado para tudo, felizmente, pois a pergunta não tardou a chegar:

— Você conhece o Ambival? Acabo de receber dos States!

E ainda acrescentou, com arrogância:

— É o melhor antitérmico do mercado!

Mirei o infeliz, com certo dó, mas, sem resistir, informei, friamente:

— Infelizmente, meu caro, o uso desse medicamento é veterinário! Além disso, usado indevidamente por algumas pessoas, causou graves infecções estomacais.

Antes que o meu companheiro, atônito, pudesse rebater, atendi ao chamado do meu nome pela secretária do médico. Olhei para trás e pude ainda ver o pobre coitado jogar, com horror, a caixa no cesto de lixo, saindo apressado do consultório.

Dr. Paulo me acolheu amavelmente e indagou:

— O que o traz aqui, meu caro Antônio?

— Doutor, estou me sentindo meio febril... O senhor pode me receitar um Ambival?

O CORONEL E O CURIOSO

No norte de Minas, o coronel Vergílio era famoso por tudo: pela extensão de terras que possuía; pelo dinheiro; pelo número de cabeças de gado e de afilhados. Na verdade, destes últimos dizia-se mesmo que, por coincidência ou destino, eram a cara do coronel.

Em dia de festa na cidade, quando o velho senhor ia ao centro do vilarejo para prestigiar o forrobodó, dava gosto a procissão que se formava diante dele para lhe pedir a bênção. Era menino de tudo quanto é idade, tamanho e cor. A todos ele recebia com prazer. Sentado na cadeira de palha em frente à pensão da cidade, resguardado pelo puxado que se estendia adiante da casa, estendia a mão aos "afilhados" e os abençoava.

— Bença, padinho! — pedia um.

— Deus te abençoe, meu filho!

— A bênção, meu padrinho! — pedia outro.

— Deus te abençoe, meu filho!

E o velho Coronel se aprazia e sorria, feliz com o respeito e a admiração dos seus. Certa vez, tendo ao seu lado um amigo recente, um paulista que viera de longe comprar uma partilha de gado e estava agora admirado de ver tanto menino junto, foi interpelado pelo companheiro. Já, de certa forma, próximo do velho fazendeiro por causa da negociação, e animado por ter saboreado um legítimo scotch com gelo que, impávido diante dos dois, se destacava na mesa entre os comensais, o visitante tomou coragem e perguntou:

— Coronel, me permite uma pergunta?

O Coronel, satisfeito com o movimento e com a venda de seu rebanho por um bom preço, sorriu e respondeu:

— Fique à vontade, Genésio, pergunte o que lhe aprouver!

O comerciante paulista, encorajado pela bebida, questionou:

— Quantos filhos o senhor tem?

O Coronel, algo surpreendido com a questão, não se fez de rogado e devolveu a pergunta:

— De modo geral ou com a minha senhora?

Disse isso olhando para a consorte, que, distante da conversa e do assunto, ajudava as outras mulheres na arrumação do almoço que o marido ia oferecer à comunidade.

O rapaz se assustou com a réplica, mas não retrocedeu e prontamente desembrulhou o embrulho.

— Com sua esposa, Coronel!

O Coronel sorriu, senhor de si, e declarou:

— Tirei dezesseis filhos da cadeira dessa mulher!

Um silêncio de admiração e respeito foi a resposta que o jovem questionador ofereceu ao homem poderoso. Mas, ajudado pelo "cão engarrafado", o rapaz, num misto de coragem e destempero, voltou à carga, depois de mais um gole do malte escocês:

— Coronel, já que o senhor me deu liberdade além do que mereço, gostaria de indagar: e de modo geral?

O homem mais velho riu da curiosidade do jovem colega e, parecendo se divertir com tanta curiosidade, esclareceu a questão:

— Rapaz! Nesse caso vou ter que ajuntar, levar no curral e mandar apartar!

Assim falou e, antes que o comerciante se refizesse da confissão, mandou chamar o Zelão. O capataz da fazenda chegou ligeiro, com o chapéu nas mãos e pronto para o que desse e viesse. Do alto de seus quase dois metros de altura, de músculo e de força, era pura admiração pelo patrão. Era o encarregado da fazenda, do gado e de outros assuntos "especiais" que se faziam necessários vez por outra, por precisão. Na cintura do colosso se destacava o trinta e oito cano duplo, presente do patrão, utilizado nessas ocasiões.

O moço engoliu em seco com tal aproximação. A voz do coronel soou forte e decidida:

— Zelão!

— Pronto, meu coronel!

— Conhece o padre Juca?

— Conheço não, meu coronel, mas já estou com raiva dele — retrucou, apertando a coronha do revólver.

— Não, rapaz, se assossegue, o padre é amigo nosso. Mate uma rês e dê a ele para a quermesse da Igreja!

— Está certo, coronel. Eu tenho raiva, de tanto que eu gosto desse padre. Ô homem bom, sô! É pra já!

E saiu para resolver a tarefa. Genésio, mal refeito do susto, achou que já perguntara demais. E, não querendo em nada desagradar o amigo, achou melhor partir antes de Zelão voltar.

Viajando no feriado

O balcão da companhia aérea assustava. Apesar de eu ter chegado duas horas antes da hora marcada, já estava repleto de clientes. Certo de que não poderia avançar, resignei-me no meu lugar na fila, observando a paisagem.

À minha frente, um jovem casal trocava sinceras carícias. Recém-casados, embarcariam em lua de mel. Não havia como errar: tantos beijos em público, tanto carinho, os denunciava. Atrás desses, uma outra dupla, já algo madura, demonstrava o desgaste dos anos de relacionamento. A mulher, diante do consorte, se mantinha meio distante, consultando no seu iPad o novo número de uma amiga. Encontrando o contato desejado, a infeliz disparava uma ligação, reclamando de tudo e de todos. Relegado a seu lugar na retaguarda, segurando as duas malas e a enorme sacola da princesa, o marido, com cara de poucos amigos, sustentava como podia o lugar na fila.

Um pouco atrás, um bando de adolescentes aproveitava a ocasião; sentados no chão e nos desafiando, ouvintes pobres coitados, despejavam o canto desafinado que o som estridente de uma viola mal tocada reforçava. Juntos, mas misturados, estropiavam em uníssono a balada de um antigo ídolo de rock que não tinham conhecido, mas idolatravam. A cantoria lembrava o uivo de um lobo atingido por uma bala perdida. Acompanhando a procissão e latindo sem parar, um pequeno cão branco molestava a todos para deleite de sua dona, que, de costas para a pequena fera, ria sem parar de uma piada sem graça contada pela irmã.

Nada, contudo, parecia me perturbar naquela manhã; absorto, aproveitava o panorama observando o ser humano, em suas diferenças e mazelas. Distraído, quase fui atropelado por uma senhora em uma cadeira de rodas. Com cara de quem estava com a avó atrás do toco, ela foi logo avisando:

— Afastem-se, deem passagem para uma idosa!

Ao encostar o veículo no balcão, porém, ela esqueceu seu papel teatral e, saltando rapidamente do assento, esbravejou com o rapaz que a empurrara até ali:

— Tira esse negócio daqui! Seu incompetente!

Dirigindo à moça da companhia aérea um olhar gélido, exigiu seus direitos e a primazia no atendimento. Com a aquiescência, provavelmente causada pelo temor de todos os presentes, foi rapidamente atendida.

Ainda aguardando, com minha infinita paciência, ouvi distraído a oferta da balconista ao casal de pombinhos que me precedia:

— Se vocês quiserem, por uma pequena taxa, ganham 15 centímetros a mais no lugar que escolheram.

A loirinha apaixonada riu para seu companheiro, e exclamou alegre:

— Já estou satisfeita com o que tenho, não é, amor?

O rapaz sorriu feliz, e, agradecido, pegou os lugares marcados, recolhendo seus bilhetes sem entender que a oferta era referente a um assento especial no corredor vip. Abraçou sem pudor a amada satisfeita.

Depois de confirmar minha passagem, entrei no corredor em direção ao ônibus que nos levaria à aeronave. Apesar de contente por finalmente avistar o avião, fiquei agastado com os comentários de um homem, que, incomodado com o calor e com o fato de estar em pé com outros quarenta passageiros num espaço em que não cabiam mais de trinta, exclamou irritado:

— Mas que droga! Aposto que é uma mulher que está pilotando o avião!

— Por que diz isso? — indagou seu colega de empresa.

— Se fosse homem tinha estacionado essa tranqueira no lugar certo! — disse, apontando para o avião ao lado, que, por ordem de chegada, se encaixara no gate diretamente.

Abstive-me de comentar o disparate. Entrei rapidamente na escada que levava ao jato assim que o ônibus parou. Sentei-me no meu lugar do corredor e me preparei para receber as cotoveladas e bolsadas de costume: consegui me desviar de três malas no joelho, mas fui abatido pela caixinha do cachorro que a senhora engraçada conseguira embarcar.

— Toma cuidado, seu estúpido! Assim você machuca o Fido!

Atordoado pela pancada, preferi me manter calado. Lembrei-me da minha juventude, e não querendo cometer um desatino, comecei a recitar os mantras indianos que aprendera na minha época de *hippie*. Assim determinado, aguardei a tão esperada partida.

Finalmente, depois de 45 minutos de espera, ouvi, ansioso, o barulho do microfone ao ser ligado:

— Senhoras e senhores, por motivos técnicos a aeronave não poderá voar. Por favor, desçam e se dirijam ao balcão da companhia, onde os passageiros receberão instruções sobre como proceder para novo embarque.

VIDA EM PEDAÇOS

Desde que eu era criança, o café da manhã sempre foi um momento mágico. No princípio, não conseguia entender como se materializavam, em nossa mesa na cozinha, o pão, biscoitos, café e leite, desfrutados diariamente com prazer. Como meu pai já não estava ali, visto que seu horário não coincidia com o meu, era com minha mãe que eu dividia o espaço.

Um ritual não combinado precedia o prazer: uma xícara grande, onde se vertia um tanto de mate, era o nosso prelúdio. Apesar de ser um café da manhã, usualmente bebíamos chá, não por sermos ingleses, muito menos por sermos esnobes. Na verdade, o costume surgiu com meu pai, que adorava o amigo Leão e o tomava diariamente, com limão; em casa, todos adquirimos o mesmo hábito e ele permaneceu por muito tempo.

Eu gostava do sabor do limão no mate e da sensação que ficava na língua depois de tomá-lo bem quente. A bebida nos aquecia por dentro e animava qualquer cristão. Com o passar dos anos, acabei abandonando o chá; saía de casa correndo, quase sempre sem tomar nada ou comer coisa alguma. Adolescente, estava sempre atrasado, com sono e sem fome. Chegava ao colégio e acendia meu cigarro: pronto, era o meu desjejum. Hoje me parece impossível ter prazer nisso, mas então era algo que me satisfazia. Sem explicação, ficava fumando do lado de fora do colégio, conversando com algum colega e vendo as meninas passarem sem pressa.

Não podíamos fumar dentro da sala nem nos corredores; somente o fazíamos escondidos, no pátio. Ficávamos ali, *a la* James Dean (com um atraso de vinte e cinco anos!), em nossa juventude transviada. Eu comia algo no intervalo e acendia mais um cigarro, procurando um canto mais recolhido. Ao voltar para casa, descontava com um bom pedaço de pão de sal com manteiga.

Com o passar do tempo, minhas manhãs se perderam na vida. Troquei o chá pelo café, pois isso ajudava o vício sem nenhuma culpa. Era uma época de sair correndo para trabalhar com coisas que eu não apreciava. O gosto matinal não fazia diferença, era sempre igual: sem vontade e sem sabor. Nessas horas, me lembrava com saudade dos tempos de outrora e achava que tinha crescido muito depressa, sem perceber o prazer da vida que me esperava a cada amanhecer.

Com mais algum tempo, fui acalmando e encontrei meios de cotidianamente tomar um cafezinho com um pequeno pedaço de pão, talvez por trazer algumas lembranças, talvez para tomar coragem para enfrentar a vida que estava do outro lado da porta. Eram instantes breves, antes de subir no barco e enfrentar a tempestade. Porém, uma certa tristeza permanecia, insistindo em me afastar da realidade.

Aos poucos, como quem não quer nada, meus desejos foram ganhando espaço. Me vi assim um dia, sem correria ou desgosto, diante de uma máquina de café, presente da esposa. Apesar do olhar de estranhamento inicial entre nós, em pouco tempo aprendi seu ritual: deslocar o recipiente atrás onde se colocava a água; ligar com calma e paciência seu mecanismo, uma vez que tem seu próprio tempo de aquecimento; abrir a caixa onde se encontram uns copinhos mágicos; abrir o recipiente que se encontra no alto; embarcar o pequeno viajante, trancá-lo ali sem cerimônia e acionar os foguetes. A máquina faz o resto.

Um perfume de café me alcança, quando, diante de mim, o expresso surge inesperadamente. Ainda surpreendido por essa manifestação tecnológica inexplicável, retiro meu pequeno tesouro, já devidamente acondicionado na pequena xícara de porcelana que o aguarda. Coloco-a sobre o respectivo pires e levo os dois para a mesa. Enquanto toda essa epopeia ocorre, já deixara um pedaço de pão assando na chapa.

Me sento; diante de mim, meus amigos me aguardam. Um pequeno gole no café, já previamente adoçado, me diz que estou no caminho certo. A mordida no centeio com manteiga me confirma a impressão. Ali permaneço. Sem perceber, vejo a vida de outra forma, com outro sabor, sentindo na boca o doce prazer de poder, ainda, desfrutá-la.

O SOM DO AMOR

Estava sentada no chão da sala. Seus cabelos castanhos e longos caíam sobre o rosto de forma natural. De jeans e camiseta branca, tudo nela era simplicidade e despojamento.

A sala do apartamento não era grande, havia poucos móveis no ambiente: um sofá que já conhecera dias melhores, uma poltrona onde ela costumava ler, a estante com os livros que mantinha o som fora do chão e o pôster de um show de rock há muito acontecido compunham toda a decoração.

Como companhia, só Sita, a gata que gostava de ficar ao sol — que, displicentemente, entrava pela janela da sala. Por ser sábado, nada era obrigação, mas o excesso de tempo tinha seu preço. Diante dela, a caixa de papelão decorada com papel francês se encontrava aberta. Nas mãos, algumas fotos; no chão, espalhados, vários objetos: bilhetes, um velho chaveiro com uma chave única como companhia, um papel de bala Icekiss em que o amor era declarado. Tudo sem muito valor, mas cheio de significado.

Ela lia sem pressa:

Oi, sei que você não gosta de estar sozinha, pois é bonita demais para isso. Me liga: 9287-7632.
João

Ela sorriu sem querer; ele era assim, meio sem noção e engraçado. Ela não sabia por que afinal tinha ligado, mas na ocasião gostou mais da voz do que do bilhete. Se encontraram.

Mirando o chão, conclui: a foto dos dois sorrindo era a recordação de que mais gostava. Tudo era só alegria e amor, praia, final de ano, início de namoro. O tempo, que não era importante, se fazia presente agora. Olha no verso da foto: verão de 2007, Búzios. Sorri de novo, tudo só loucura e prazer: nadar nus de madrugada, sentindo a água fria e os corpos quentes, voltar correndo para a casa alugada, enrolados apenas na toalha, rindo e brincando como crianças pequenas que fizeram arte. E depois se deixar ficar, olhando um para o outro, descobrindo no corpo alheio os detalhes, marcas e sinais, percorrendo com as mãos o doce trajeto do amor. A taça de vinho, o som de Chet Baker — que aprendera com ele a apreciar —, a sensação de plenitude e gozo que os olhos semi-cerrados mostravam sem pudor.

Sorri de novo, agora numa mistura de tristeza e saudade. A gata no colo dela, sem cerimônia, olha pedindo carinho. Ela a acaricia sem pressa. Olha para fora, como se quisesse entender o incompreensível. O apartamento é o mesmo, mas parece tão estranho, parece maior, sem cor, sem vida.

O vazio a envolve, e sem querer a alcança. Levanta-se, calma-mente, com o animal nas mãos: precisa do calor do bichinho, de seu afeto delicado. Abre a gaveta da mesinha ao lado da poltrona, pega um maço de cigarros esquecido. Acende sem culpa, sabendo que faz mal, mas já está se sentindo assim, então não faz diferença.

"Mais uma promessa rompida", ele sempre dizia isso quando ela insistia em saber onde ele estava. Ele não gostava de brigas e discussões, ela não gostava de ser assim, mas a insegurança de um amor que não conhecia, e a atemorizava, acabara com sua confiança de jovem executiva. Voltara a ser aquela menina insegura da escola, a que amava sem ser correspondida. Soltou a fumaça, com força; ele não gostava que ela fumasse e ela prometera parar. Mas agora, nada fazia muito sentido.

Quando se sentou na poltrona, com os pés dobrados, como ele gostava de vê-la se sentar, sorriu com a lembrança. Ele se aproximava devagar e, contemplando-a, dizia: "Você fica linda sentada assim desse jeito!"

Ela nem tinha reparado que ele a olhava enquanto lia sua re-vista de domingo. Era só o prazer de estar junto, da cumplicidade con-quistada. Depois ele se aproximava, tirava de suas mãos a revista, ela reclamava sem vontade, ele a beijava nos olhos e a puxava para o chão, brincando de paixão e amor.

Deu mais um trago no cigarro e o apagou com força na caixa de fósforos. *Vantagens de morar sozinha*, pensou, com ironia e tristeza. Sem vontade, se levantou e recolheu do chão o que estava espalhado. A sensação de não saber o que fazer e não ter para onde ir chegou de novo.

Uma música, de que ela se lembrava remotamente, insistia em tocar. Retornando dos devaneios, ela pegou o celular sem vontade, de um jeito mecânico. Sua voz saiu por obrigação:

— Alô!

— Cris? Sou eu, João!

Pensando na vida

Sentou-se na velha poltrona, tão conhecida. Levantou os olhos e admirou os livros. A biblioteca era seu orgulho; o escritório, seu refúgio. Construíra o cômodo vinte anos atrás, quando começou a lecionar na faculdade e a melhora financeira possibilitou realizar o sonho há tanto tempo acalentado. No terreno onde se situava a casa, havia espaço para esse anexo erguido de forma simples, mas com cuidado. A prioridade era dar àqueles objetos que lhe eram tão caros um lugar digno.

Os livros eram seu tesouro e poder, e depositá-los pela primeira vez na estante de madeira tão sonhada foi um verdadeiro deleite. No cômodo ainda cabia sua poltrona preferida, um pequeno frigobar encostado ao fundo e um divã que, no passado, proporcionara as condições para que ele pudesse atender seus pacientes em total privacidade. O banheiro privativo, inclusive, lhe custara alguns comentários irônicos dos amigos.

— Paulo, fala a verdade, quando tem briga com a Sílvia, é ali que você mora!

Ele não refutava as observações, ria com satisfação da cara de brava que a mulher lhe dirigia ao ouvir a brincadeira de mau gosto.

Aquele móvel que acolhera a tantos, e lhes dera a oportunidade de nele se apoiar na viagem ao inconsciente, era mais usado agora para a sesta habitual do proprietário logo após o almoço do que para sua função inicial. Apesar de atender, ainda, alguns antigos analisandos, sua clínica diminuíra muito, o que era fruto de uma decisão no sentido de poder se dedicar mais a ensinar.

Sem perceber, começou a observar os porta-retratos dos filhos. João, psicanalista como ele, morando no exterior, concluindo o mestrado e já encaminhado na vida, sorria ao lado da esposa e dos dois netos que lhe dera: Pedrinho e Juliana eram sua maior riqueza; estar com eles e ouvi-los indagar sobre tudo e todos era um de seus grandes prazeres.

— Vovô, o senhor já leu todos estes livros? — perguntara o garoto de seis anos, com admiração.

Antes que pudesse responder, a neta espevitada replicava ao irmão:

— É lógico que já leu! Por que você acha que ele usa óculos?! Já gastou metade dos olhos lendo tudo isso — explicou a menina, bem mais velha, na sabedoria de seus 8 anos.

O avô ria e se regozijava de prazer, ao ver o futuro descoberto no presente à sua frente.

Um vento frio entrou pela janela aberta que dava para o jardim, trazendo-o de volta à realidade. Levantou-se com certa dificuldade. Lembrou-se quase de imediato de que estava na semana de seu aniversário: 73 anos! Voltou o olhar para a estante amiga e avistou ao lado do retrato de João a imagem da filha, no apogeu de seus vinte e poucos anos. Ela também sorria, do alto de um grande pico coberto de neve que acabara de escalar. Era a esportista da família; não quisera seguir a profissão do pai, nem tampouco a da mãe.

— Ser advogada, nem pensar! — declarara à triste mãe, quando esta lhe indagou sobre sua opção na época do vestibular. — Vou para a Nova Zelândia trabalhar com escaladas, não me imagino presa a lugar nenhum!

E assim foi; por lá ficou. Já fazia 5 anos que abraçara esse destino. Quando aparecia, nas férias de final de ano, sua alegria, genuína, confirmava a convicção com que fizera sua escolha.

Olhou um pouco para o lado e viu a própria foto junto à esposa, no dia do casamento. Depois de trinta e sete anos juntos, sentia a mesma emoção quando lembrava o que experimentara quando a viu chegar para a cerimônia. Tudo nela era só beleza e certeza de amor. A felicidade de ambos, expressa na imagem e congelada no tempo, comunicava-lhe a alegria do momento, que ainda se mantinha forte no presente.

Suspirou fundo, levantou-se, se dirigiu à janela e olhou para fora, contemplando o pôr do sol. Com familiaridade, enfiou a mão no bolso e tirou o cachimbo escondido. Acendeu-o devagar, depois de colocar no fornilho seu fumo predileto. Se sentia, assim, meio menino, tendo que fumar escondido da mulher.

Apesar dos problemas cardíacos, não conseguira se livrar do hábito. Não fumava com a mesma intensidade da juventude, mas não conseguira se afastar do amigo silencioso, que acalmava a mente e prejudicava o coração. Desde o início, era nessa hora do entardecer, depois de encerrar as sessões do dia, que acendia o companheiro inconveniente. Ao pensar nisso, sorveu com gosto a fumaça densa e mentolada de café com rum.

Como explicar ao médico amigo e à esposa que aquilo não era só vício, era também prazer? Como limitar de forma drástica seu desejo, se era disso que tratava na sua prática profissional e se dessa forma fomentava sua clínica? O que ele propunha era justamente permitir aos pacientes fazer escolhas, responder por elas, serem donos do próprio destino.

Terminou de fumar. Bateu o cachimbo contra o parapeito da janela e a fechou. Voltou para o mesmo lugar de onde partira. Sentou-se e se deixou inebriar pela sensação de prazer e realização que o envolvia. Colocou o livro que trazia às mãos na mesinha que abrigava o abajur e se deixou ficar. Fechou os olhos e suspirou mais fundo...

— Paulo — chamou a esposa, abrindo um pouco a porta, com cuidado e zelo. — Já está tarde! Vamos dormir — disse, entrando no abrigo do marido.

Ele adormecera. Os óculos pendiam, apoiados no nariz. Ela se aproximou devagar para não assustar o amado. De uns tempos para cá, não era incomum que isso ocorresse: ele ia ao escritório e se deixava ficar até o anoitecer.

— Paulo, acorda, meu amor!

— Paulo...

Ela o tocou levemente no braço, mas ele não acordou mais.

ÉBANO E MARFIM

Entrei. Ele me reconheceu; lembrava-se de mim, de quando chegou ao hospital e ali nos encontramos, sem combinar. Naquela ocasião, conversamos descontraidamente. Ele sentia um desconforto, mas como já de há muito o acompanhava, tinham se acostumado um com o outro, assim desse jeito, sem se preocupar.

Mas numa noite, de repente, aquilo com que já estava acostumado doeu diferente. Não era um sofrimento comum, desses que vêm devagarzinho e a gente releva, para não dar trabalho aos outros. Parecia esses anzóis que agarram no dedo, rasgando e entrando fundo, desanimando a gente até de pescar. Por que será que ele tinha se revoltado? É um desses mistérios que um homem comum como ele não saberia explicar.

O certo é que o filho insistiu para que fossem ao posto de saúde tirar qualquer cisma. Podia ser só um desarranjo, tentou argumentar, mas o filho, que graças a Deus tivera mais instrução do que ele, quis porque quis que um doutor pudesse examiná-lo. Que olhasse aquilo de perto, que descobrisse a razão de tanto incômodo que não saía do lugar. No posto, um médico, muito jovem, apertou pela primeira vez sua barriga, mexeu na danada de lá pra cá.

Dali em diante, como ele me contou, todo mundo se achou no direito de fazer do mesmo jeito, sem sequer lhe perguntar, e o médico disse que era o caso de ir para o hospital. Uma angústia, dessas que dá na gente de vez em quando, apertou-lhe o peito. Mas, se era para curar, para ficar bom, não tinha jeito, era melhor aceitar a situação. Assim chegou ele ao hospital.

Agora era diferente; ele esticou o braço para me cumprimentar, como amigos fazem ao chegar. Fui caminhando em direção ao recipiente de sabonete, junto à pia que se encontrava no canto direito do quarto, para lavar de novo as minhas mãos. Quando terminei e me voltei para o leito, vi que não poderia fazê-lo. Seu corpo negro jazia sobre os lençóis muito brancos, como se um grande tronco de ébano estivesse tombado sobre um leito de marfim. Eu disse que seria melhor não cumprimentá-lo, uma vez que, pela informação que tinha recebido, e esquecera momentaneamente, ele iria ser operado naquela noite ou logo pela manhã.

Expliquei a ele que, apesar de todo meu cuidado, estava com medo de que uma sujeira se agarrasse nos meus dedos ou debaixo das unhas igual a um cachorro quando se esconde debaixo da cama, com medo de tomar banho. Esses bichinhos miúdos, prossegui, desses que a gente não vê e que moram no hospital, eram iguaizinhos. Ele entendeu, e ali parado vi que dos seus olhos amarelecidos, uma lágrima começava a fugir, pequena e sofrida, o que me causou desde o início preocupação. Descia devagar, como se procurasse um caminho. Ele disse que entendia o doutor, era assim que ele me chamava, por conta do jaleco branco ou pelos meus cabelos que se tornavam aos poucos da mesma cor.

Eu tinha sido instruído formalmente a não tocar os pacientes, não por frieza, mas por cuidado. Infecção hospitalar viaja pelas mãos daqueles que a querem atacar; corpos de há muito fragilizados poderiam facilmente ser afetados por uma falta de cuidado ou de jeito. Não sou médico, estudo psicologia, sei apenas que nada sei da forma física do cuidar.

Ele começou a me contar que tinha trabalhado muito, como pedreiro e como vigia, em todo tipo de construção nas quais o mandavam trabalhar. O patrão sempre tinha gostado dele, do seu serviço, que ele fazia com gosto, do jeito como tem que ser feito. Falava, e a danada da lágrima tímida do início resolveu passear. Dizia essas coisas olhando para um outro lugar, distante daquela cama de lençóis brancos que insistiam em me atormentar. Eu escutava, tentando segui-lo pelos caminhos que ele tão bem conhecia, não querendo atrapalhar.

Ele parou de repente e me perguntou se aquele negocinho dentro de seu nariz tinha saído do lugar. Eu disse que não, mas minha preocupação era outra: o oxigênio que lhe estava sendo ministrado me incomodava mais; era o que permitia que ele falasse. Assim ficamos os dois, presos um ao outro como nó de rede, eu na ponta de um barranco, ele um tronco querendo se desgarrar. Eu disse a ele que tudo ia correr bem, mas ele parecia distante, andava ainda pelas obras, caminhando por todo lugar. Fiquei parado ali, esperando.

"Doutor", disse ele, "quando a danada da operação finalmente acabar, vou ver o senhor de novo."

"Com certeza", foi o que pude dizer. O peito que agora apertava, com a dor que vinha sem remorso, era o meu.

***

Deitado no fundo da floresta, o jacarandá se esparramava no chão. Sobre ele deitava-se um cão; algumas folhas espalhadas aqui e ali diziam do tempo e do lugar. O velho pau doente tinha caído no chão. Outrora um colosso impune, ali estava, se deteriorando bem devagar.

No fundo da floresta, um pé de jequitibá destacava-se no ambiente, tomando seu lugar.

Três dias de paz

Este é o nome do documentário que comprei há poucos dias: "Woodstock: três dias de paz e música". Não vivi na época dos *hippies*, da luta contra a Guerra do Vietnã, da busca da paz e do amor. Venho de uma geração posterior; não cheguei a tempo de ver Jimi Hendrix e Janis Joplin cantarem ao vivo, mas esse sonho que surgiu em terras americanas e ganhou o mundo nunca me pareceu tão presente. Afinal, ser *hippie* era ser livre de várias maneiras, mas, principalmente, livre de preconceitos.

No mundo atual, em que tudo nos é determinado, viver três dias de "loucura" e paz seria um sonho. Mas o sonho acabou, como previu John Lennon — que infelizmente não tocou no festival. Neste mundo plastificado, onde predominam a censura e um falso moralismo, viver três dias assim seria coisa de gente que não trabalha, de drogados e malucos. "O que esse pessoal está produzindo?", diriam uns. "Povo à toa!", gritaria a nossa sociedade de consumo.

Porém, foi contra isso que aqueles jovens se rebelaram: o destino imposto, a obrigação de atravessar uma fronteira e matar alguém que não lhes fizera mal, de vestir uma gravata; eles queriam ir além.

"Mas essa cambada usava drogas!", berram os guardiões da sociedade moderna. Sem querer entrar no debate, mas já entrando, beber pode, fumar pode, comer feito um louco pode e o resto, não? Aquela turma não queria que todos fumassem maconha e fizessem amor ao ar livre, mas queria liberdade para que, se assim quisesse, pudesse fazê-lo. Pois o que mata é a falta de liberdade, principalmente a falta de poder de escolha. Pode demorar anos, mais de 80, até, mas acaba matando. Todo dia levantar, tomar o café de sempre, olhar para a mulher ou o homem de quem já não se gosta tanto e ir trabalhar, sem saber por que, no escritório que se odeia, não era o ideal daquela juventude.

Esse era o quadro do futuro, que os jovens norte-americanos anteviram e não quiseram seguir. Hoje, vendo tanta gente que nem espera o avião parar e já liga o celular, como se suas vidas dependessem disso, olhando o volume de carros na rua só aumentando, junto com a raiva de ficar preso no engarrafamento, percebendo a falta de cuidado na relação de uns com os outros, me dá vontade de voltar no tempo, deixar meus cabelos e barba crescerem, encontrar uma menina na estrada e ir curtir um som, fazer amor e viver três dias de paz.

O DINOSSAURO

Foi localizada, na região de Minas Gerais, uma rara espécie de dinossauro. Através de uma denúncia anônima, o animal, até então considerado extinto, foi localizado por um satélite norte-americano diretamente conectado ao telescópio Hubble. Seu habitat, segundo as últimas informações, era a região metropolitana de Belo Horizonte. Fotos tiradas do espaço e enviadas por satélite mostram o pequeno monstro fugindo do local onde se abrigava, um edifício na zona sul de BH, utilizando uma bicicleta. Autoridades da Vigilância Sanitária, as polícias Civil e Militar, juntamente com agentes do FBI, convidados para supervisionar os trabalhos, arrombaram a porta do apartamento do bípede pré-histórico. Foram encontrados indícios fortes de que ele se alimentava de vegetais, ovos e leite. Sobre uma pequena mesa, situada em frente à janela da sala, foram encontrados objetos manipulados pela criatura, a saber, papéis (acredite se quiser!) com textos escritos à mão.

Sim, meus caros internautas que nos acompanham ao vivo pelo site! Tantos anos após a proibição da escrita manual nos EUA, medida diligentemente adotada em seguida não só por nosso país, mas por todo o mundo civilizado, um texto, se é assim que se diz, foi apreendido pelas autoridades competentes no refúgio desse ser.

Para maior espanto de todos os presentes, as letras cursivas apresentavam boa caligrafia, ideias bem estruturadas e de conteúdo erudito. Todo esse material foi devidamente retirado do local em caixas de chumbo, o que, segundo as autoridades responsáveis pelo caso, evita a contaminação do ambiente. Por vias das dúvidas, o prédio inteiro foi esvaziado e isolado. Foram encontrados, ainda, de acordo com o repórter que acompanhou toda a operação, vários livros impressos, e até o que parece ter sido um desses aparelhos que se usavam para leitura digital, há muito banido do cotidiano de nossas crianças.

O que mais espanta é a capacidade dessa criatura, de aspecto grotesco, embora culta, de permanecer solta junto à nossa comunidade. Apesar de ser considerado extinto, esse animal — informação útil para os mais novos, que não tiveram contato com esses bichos — ainda utiliza a voz em suas tentativas de estabelecer comunicação. Tem o hábito de utilizar todos os dedos das mãos em computadores antigos e não, como os homens da sociedade moderna, apenas os dois polegares, para digitar mensagens em Blackberries.

Assim, prezados seguidores deste site, mantenham suas crianças em casa até que a polícia e a Vigilância Sanitária, juntamente com nossos amigos observadores norte-americanos, consigam apanhar o animal e isolá-lo de nossa convivência.

Não se esqueçam: a criança contaminada pela curiosidade cultural pode ser levada a se interessar pela leitura e pela escrita e, como todos sabemos, este mal não tem cura. Ela estará, infelizmente, educada para toda a vida.

O DIA EM QUE O MUNDO PAROU

O despertador tocou, tenho certeza! Este barulhinho de cigarra eletrônica não é da natureza. Procurei o danado e apertei-lhe a verruga na cabeça. Pronto! Hoje ele não toca mais. Me levantei devagar, sentei na beirada da cama, um ritual necessário para que eu não retornasse ao ponto de partida: minha cama, meu travesseiro, minha preguiça. Abri os olhos e cumprimentei:

— Bom-dia, Ju!

O retrato pregado no painel me sorria como sempre. A bem da verdade, a foto era da turma toda e havia sido tirada como parte das comemorações do fim do ano, que era o nosso último no colégio.

Aqueles tempos não foram fáceis. Quando ela entrou na sala, confesso, baqueei. Vinha de outra escola. Era linda. Entrou como se já conhecesse todo mundo, com aquele sorriso que me conquistou à primeira vista. Sentou-se na cadeira em frente à minha, virou-se e falou:

— Oi. Meu nome é Juliana.

Fiquei sem palavras — esqueci de dizer que sou extremamente tímido —, engoli em seco e respondi:

— Gilberto!

Ela sorriu. A aula começou em seguida, mas eu estava em outro planeta. Daquele dia em diante, minha vida mudou. Juliana, em pouco tempo, ganhou não só a mim, mas a todos os colegas. Ela é dessas pessoas fáceis de se gostar. Dali em diante, só sonhei com ela.

Voltei do devaneio e voltei ao quarto. Me arrumei, peguei a mochila e saí correndo, com um pão que peguei em cima da mesa. Ainda deu para ouvir minha mãe falar:

— Gilberto, come direito!

Ela queria que eu me sentasse à mesa e tomasse café com leite... Não percebeu que eu não era mais criança, que estava atrasado como sempre e que a vida corre. Saltei do ônibus na porta do colégio. Faltava menos de um mês para acabar o ano e eu sem saber o que fazer da vida.

Desde aquele dia eu me imaginava dizendo para Juliana o que sentia, mas ficamos tão amigos que não tive chance. Eu a vi namorar o Paulo, e sofri calado com a felicidade alheia. Ele era mais velho, estava na faculdade e, para piorar, ainda tinha uma moto. Ele a pegava na saída da escola. Abraçada a ele na garupa ia ela, sem ligar para o ronco do motor. Depois só ficava a imagem dos longos cabelos dela voando ao vento. Quando eles terminaram, no mês passado, fiquei alegre por mim e triste por ela. Ele a trocara por outra, uma garota da própria faculdade.

Pensando em tudo isso, e principalmente nela, fui entrando no pátio da escola distraído e envolto nos meus pensamentos. Então eu a vi. Estava sentada no banco do pátio, perto da cantina. Seus cabelos, de um castanho claro, eu conhecia de longe. Lia um livro e percebi pelo seu jeito — eu conhecia cada gesto dela —, que estava infeliz. Com as pernas cruzadas, olhava para baixo sem interesse. A mão esquerda apoiava o queixo; com a outra ela folheava as páginas sem vontade. Me aproximei:

— Oi, Ju!

Ela levantou os olhos verdes; estivera chorando.

— Oi, Gil!

— E aí, tudo bem?

Ela me olhou, me deu um meio sorriso e respondeu:

— Cê sabe que não!

(Apesar do namoro, continuamos amigos, e nos conhecíamos com um olhar.)

— O que foi?

— Tudo, nada, sei lá, tô meio perdida! A escola acabando, eu sem saber o que estudar e sem vontade de saber.

— Escuta, todo mundo tá meio assim...

— Eu sei, mas isso não ajuda muito — baixou a cabeça e a apoiou nas duas mãos.

Não aguentei vê-la assim. Sem saber como, toquei de leve seus cabelos. Ela me olhou. E eu me perdi em seu olhar.

— Ju!

Ela me tocou os lábios com dois dedos da mão, se aproximou de mim e seus lábios tocaram os meus; sua boca se abriu, senti sua língua na minha e o mundo parou. A abracei meio sem jeito, senti seu corpo no meu, o coração disparou, as pernas tremeram, eu queria morrer ali naquele lugar, naquela hora.

Quando nos separamos, foi como se nos tivéssemos visto pela primeira vez. Ela sorriu, eu sorri de volta. Nos beijamos de novo, dessa vez, sem pressa. Levantamos e nos demos as mãos. Naquela hora eu descobri o que eu queria para minha vida: ela!

Morro acima

A moda começou na França: a prefeitura de Paris criou um sistema de empréstimo de bicicletas. O cidadão, mediante pagamento, aluga uma bicicleta por um período de um a sete dias, a retira em um local e a devolve em outro. Você pode pegar qualquer uma das "magrelas" com a luzinha verde no painel onde ela está estacionada e deixá-la mais à frente, depois de percorrer seu trajeto. E assim vai, num troca-troca inteligente e salutar.

Mas não é sobre aluguéis de bicicletas que eu quero falar, tanto mais porque não entendo bem do assunto, mas sim dessa modernidade que é a ciclovia. Para os que ainda não a conhecem (é fato: muita gente não sabe que esse bicho existe), é um local onde as pessoas podem andar de bicicleta sem serem importunados por outros veículos, a saber, carros, caminhões, motocicletas (apesar de primas, estas não se entendem com as bicicletas; coisa de briga de família) etc.

Toda cidade que se preza tem ou terá uma via exclusiva para as *bikes*. Em teoria, é a solução para nosso trânsito caótico de todo dia, mas existem alguns percalços no caminho.

O primeiro seria a dificuldade de as pessoas entenderem que aquela faixa pintada no chão não é uma variação gratuita da famigerada faixa azul rotativa. Você não pode estacionar seu carro, sua moto nem tampouco seu cachorro ali. Essa via de locomoção só se destina ao uso de nossas amigas metálicas.

Segundo, há a necessidade de os motoristas de forma geral não agirem nos cruzamentos da mesma forma como fazem com a faixa de pedestres. Sim, meu incauto amigo, aquela área toda riscadinha de branco no chão é sua! Lógico que no Brasil muitas pessoas usam aquela sinalização para fazer mira em pedestres. Repare: basta pôr um pé numa e começar a atravessar uma avenida e pronto! O motorista pode estar a 40 km/h e a 300 metros de distância que, ao perceber sua intenção, ele ataca parece uma leoa correndo atrás de uma zebra. Na selva de asfalto, quem vacila corre risco. O danado vem que vem, acelerando o carro em cima da gente, e usa aquelas faixinhas intermitentes para acertar a mira, um horror!

O terceiro problema me parece mais específico: minha cidade, para não ficar atrás de nenhuma metrópole brasileira ou estrangeira, também criou uma dessas vias. Só que, além dos percalços já descritos, temos aqui um agravante. Situada numa região montanhosa, a capital mineira não favorece que nós, futuros ciclistas, possamos usufruir suas benesses. Pois embora essa pista se situe num terreno relativamente plano, a pergunta que o povo não quer calar se impõe: como eu chego lá? Deveras, se for empurrando a magrela, demoro dois dias. Se arrisco descer montado na bichinha, os leões do asfalto fatalmente me alcançarão. Mas, sendo totalmente otimista e acreditando que consiga escapar de tudo e de todos, como voltar para casa? Moro num lugar alto, como quase todo mundo que aqui fez seu lar, ou seja, em cima do morro; como pedalar até lá?

Já vi alguns jovens corajosos tentarem vencer essas barreiras geográficas. Subindo devagar um desses aclives (nenhum carro nacional tem força para subir as tais ladeiras rapidamente; e não vale importado, nem motocicleta sem garupeiro), observei um desses valorosos atletas na tentativa. O bicho bufava, trocava todas as 17 marchas, mas não adiantava: a danada ia devagarzinho, devagarzinho. Assim, se as pessoas não quiserem morrer morro acima (ou no meio da subida, tanto faz), tem que haver solução melhor! De resto, aqueles que conseguem vencer tal façanha sem uma síncope são facilmente reconhecidos pelo tamanho da batata da perna. Um desses tinha uma tão grande que dava para ver nitidamente todo o mapa do Brasil tatuado na bendita. É verdade! Eles adoram tatuagens...

Tentando resolver o problema, pensei numa solução. Vamos todos comprar uma caminhonete, dessas pequenas, e colocar as bicicletas na caçamba. Vamos até a ciclovia e desfrutamos o passeio. Voltamos em quatro rodas sem carregar peso... mas, e a caminhonete, onde estacionar? — pode me perguntar meu fiel leitor.

Mole! Deixe-a estacionada na própria ciclovia. Afinal, ninguém é de ferro!

Entre dois amores

Faz poucos dias, uma notícia nos jornais da cidade me chamou a atenção. Nosso gorila — sim, no jardim zoológico belo-horizontino reside um de nossos primos —, solteiro há mais de dez anos, desde o dia em que sua antiga companheira faleceu, terá nova companhia.

Na verdade, mais de uma; soube que duas gorilas fêmeas compartilhariam sua companhia. Viriam, se não me engano, da Inglaterra, país improvável para de lá se importarem esses animais, mas origem compreensível: há séculos são caçados sem dó nem piedade em seu habitat natural. Se novamente não me engano, o Congo, terra natal dos mesmos, tem dificuldade em coibir a caça indiscriminada que sofrem por parte de sua própria população nativa, que mata para devastar as florestas ou para usar as grandes mãos do primata na confecção de cinzeiros muito apreciados como souvenirs.

Essas e outras ações levam-me a perguntar quem na verdade são os animais irracionais... O certo é que em vários lugares do mundo surgiram centros de cuidado e reprodução dessa espécie, e a Inglaterra, de onde vieram as nossas meninas, possui um desses. Se pela terceira vez não me engano, elas chegaram na semana passada e aguardam o período de quarentena exigido pelas autoridades sanitárias, em torno de 30 dias. Após esse período, as belezas entrarão lentamente em contato com Idi.

Esqueci de mencionar o nome do bicho, Idi Amin, homenagem equivocada a um antigo ditador africano. O gorila é de temperamento calmo, como todos os de sua espécie, que só utilizam a agressividade em defesa do grupo de que participam, ao contrário, aliás, do antigo ditador do qual o espécime em questão herdou o nome.

Bem, a novidade movimentou a cidade. Necessário esclarecer que, em cativeiro, nosso amigo é exemplar único na América do Sul. Na verdade, não tenho notícia de nenhum outro, principalmente em liberdade. Apesar de seus 1,80m e mais de 200 quilos, todos sentem um carinho especial por ele. Solitário, mas não triste, não se esconde dos visitantes em nosso zoo, para alegria de todos, em especial da garotada.

Comentando a vinda das companheiras de Idi com uma amiga, mencionei o fato de a coletividade aplaudir entusiasticamente seu relacionamento com duas fêmeas, o que sugeriria um comportamento em geral reprovado nas relações humanas. Ela contextualizou a questão, limitando-se a dizer que "gorilas são gorilas". Percebendo que brincara com uma questão séria, pedi desculpas.

Para ser sincero, as relações humanas, nos últimos tempos, se tornaram de tal forma "selvagens" que fica difícil compará-las àquelas estabelecidas por quaisquer outros animais, ditos racionais ou não. Um dia fulano fica com um, no momento seguinte fulana está com outro. Independentemente do sexo, o que me traz a reflexão é a dificuldade do homem para se relacionar na base de afeto e carinho. As relações são rápidas e fugazes, acompanham o ritmo de nosso tempo, da música, da velocidade. O encontro e o desencontro não diferem na intensidade, mas a permanência do relacionamento se esvai com a paixão. Segundo um filósofo, a paixão dura o tempo necessário para ser consumada. No nosso caso, a consumação vira consumo e é veloz.

Nem falo no amor, este sim, uma espécie rara em nossos dias; mas o namoro, a cumplicidade, os sonhos e devaneios de um primeiro encontro que permanecia latente em nossos corações... Sei que o assunto é longo e meus argumentos tão escassos quanto minhas respostas. Mas ao ver o homem com dificuldade de permanecer ao lado daquele ou daquela que seria o dono dos seus afetos, me pergunto se nossa espécie não caminha para a extinção afetiva. Andamos em bandos, mas por vezes mais solitários do que nosso amigo gorila.

Ele se reunirá com suas consortes, se acasalará com elas e, se tudo correr como se espera, formará uma família e viverá feliz entre dois amores. Quanto a nós, é esperar que o ser humano pare de pular de galho em galho, crie raízes e que desta árvore da vida surjam bons frutos.

Homem ao mar

Existe na sociedade moderna um chamado para a natureza, para a vida ao ar livre. Presos em grandes cidades e em pequenos apartamentos, esse apelo se torna para nós irresistível.

Olemar e Cinthia, um casal de amigos, sofreram essa influência. Principalmente para Olemar, funcionário administrativo em uma grande empresa, a sensação de falta de liberdade e opressão de espaço tinha chegado a um nível de *stress* que ele não estava suportando. Ciente disso, Cinthia não se espantou quando ele um dia chegou em casa e declarou:

— Vou comprar um barco!

Ela ainda tentou argumentar com o jovem marinheiro. Lembrou-lhe que moravam na região central do país e o rio mais próximo, fora o pequeno ribeirão que atravessava a cidade e já estava poluído, ficava a mais de 400 km dali. Ele a escutou, e com um sorriso enigmático que a assustou, lhe disse:

— Você não ouviu, princesa! Eu vou comprar um barco e nós vamos para o mar!

De nada adiantou a argumentação da esposa, dizendo que o único barco em que ele já tinha entrado fora um a remo no Parque Municipal da Capital do Estado. Ele lembrou que ela sempre afirmara que o acompanharia em suas aventuras e agora, que ele estava prestes a realizar seu sonho, ela lhe podava as asas.

Vencida nesse combate marítimo, e depois de uma farta negociação onde o aumento de seu limite no cartão de crédito foi ponto fundamental, a mulher cedeu.

Assim, instalaram uma bolota de reboque no para-choque do Uno, rasparam as economias da poupança e compraram, em 150 parcelas, uma lancha "seminova". Olemar tirou suas férias vencidas e partiram.

O destino já estava traçado: Espírito Santo, Aldeia das Cerejeiras. A sugestão foi do vendedor do barco, que sugeriu a compra de uma estadia semanal pelo sistema *time-share*; o casal não entendeu direito o que o sistema significava, mas o folder mostrando uma praia linda e o tamanho da parcela mensal os convencera. Partiram no dia seguinte, seria só uma parada rápida em Vitória, capital do Estado, para pegar "aquele" que lhes daria a tão sonhada liberdade. E depois, o mar.

As 12 horas de viagem foram vencidas com entusiasmo pelo casal, ele louco para usufruir de seu sonho, ela louca para passar no shopping. Pararam na loja de barcos, ela se assustou com o tamanho do sonho, ou melhor, da lancha; ele era só alegria.

Prendeu o brinquedo atrás do carro e foram para a praia. Nem as buzinas e os xingamentos dos outros motoristas demoveram o casal de seu objetivo. Ele estava no seu direito de andar devagar; se o limite era 80km por hora, qual o problema se ele ia na metade dessa velocidade? Nem mesmo a aflição da esposa o demoveu de seu intento. Uma parada rápida no shopping a alegrou e aos demais motoristas, que não conseguiam ultrapassá-los há 30 minutos.

Feitas as compras, Cinthia se dirigiu de volta ao Uno. Só que um novo problema os aguardava: onde colocar tudo o que comprara, uma vez que o shopping estava em sua liquidação de verão e ela não resistiu, comprou roupa para os meninos e todo o material necessário para o verão? Como o porta-malas já estava repleto de utensílios de cozinha, varas de pescar e isopor para camarão, foi criado um impasse. Olemar, parado ao lado do carro, olhando, admirado, sua lancha de 15 pés, não se fez de rogado, e disse à aflita consumidora:

— Pode pôr lá dentro da lancha, não tem problema!

E assim ela o fez. Reforçado de peso e de alegria, nosso valente Uno 86 e o feliz casal voltaram para a estrada. Novas buzinas e xingamentos, mas nada que os vidros fechados e o som alto não resolvessem.

Quando chegaram ao alto da colina, um suspiro cúmplice aliviou a tensão do casal. Avistaram o mar e, melhor, dali em diante era só descida. Começaram a descer. E nem a pressão que vinha de trás do veículo incomodava o nosso Homem do Mar.

Dessa vez, além dos carros, o que causava preocupação era o peso da lancha. Além dos em torno de 1000 quilos, ainda havia mais uns tantos das compras e malas colocadas em seu interior junto aos pacotes de verão.

— Bem! O carro tá indo mais rápido ou é só impressão?

— Bobagem, eu que tô acelerando mais!

Mas o destino foi cruel. Passaram em uma cratera — aquilo nunca foi um buraco —, e o solavanco foi assustador. Olemar tratou de acalmar a esposa:

— Tá tudo bem! Foi só um susto!

Mal ele tinha acabado de falar, um carro os ultrapassou, violentamente.

— Filho de uma égua! — Olemar falou sem pensar.

Cinthia lhe chamou a atenção:

— Bem! Olha!!

O marido então viu quem acabara de ultrapassá-lo: seu querido companheiro marítimo. Sim, o barco havia se soltado. A bolota não havia segurado o tranco, e assim ele e seu fiel escudeiro, o reboque, resolveram seguir sozinhos.

— Meu Deus! — gritou o velho marinheiro, enquanto o barco descia o morro na contramão, sem se preocupar com a aflição do outro. Ouvindo suas preces, ou por obra e graça do destino, vai saber, o barco não fez a curva e se esborrachou na encosta à frente. Foi reto, parou um instante no ar e despencou.

O barulho, assustador, foi ouvido a grande distância:

— Nãããããããooooo!!!!!!!!!

Sim, o pobre Olemar gritou mais do que no dia em que lhe arrancaram o siso. Parou o carro no acostamento, pulou para fora do veículo e olhou para baixo. Lá no fim da encosta se encontravam os pedaços de seu sonho.

Cinthia, que o seguira, colocou a mão na boca para abafar o terror. Sim, o valente desbravador do mar jazia espalhado em mil pedaços.

Mas o brasileiro é acima de tudo um forte. Enxugando as lágrimas, olhando ainda consternado para a companheira, Olemar sentenciou:

— Acho que se a gente comprar Araldite, dá pra colar!

Algo em comum

Ele caminhava lentamente. Trazia às mãos o cabresto com que puxava seu burro. Fazia tempo que subia a encosta íngreme, só ele, o animal e a mata rasteira do interior das Gerais. Sentia fome; o pouco que lhe restava no alforje não era o suficiente para uma jornada, e ele já racionava o escasso conteúdo há vários dias.

Apesar de ser homem experiente, a natureza não lhe dava guarida. Água também era riqueza: o último riacho que avistara estava seco, e o pouco do líquido precioso que conseguira foi à custa de muita escavação, sob um sol escaldante, no leito de um ribeiro que secara há muito. Caminhava indolente ao lado do animal, que sofria do mesmo mal. O medo de não rever Rita e os meninos lhe apertou o coração. Lembrava-se ainda da partida, dos seus olhos tristes, mas serenos. No braço, carregava nosso menino menor.

— Vai com Deus!

E ele foi. Sozinho, levando as encomendas pedidas junto ao balcão no arraial de Santa Doroteia. Contrato feito, não tinha como recuar. O caminho para o interior da Bahia era longo, mas sua profissão era essa: tropeiro. Apertou o passo e não olhou para trás.

Lá, tudo deu certo: chegou ao Recôncavo Baiano, deixou as mercadorias, vendeu a maioria dos animais e voltou com o ouro e a saudade. Só não contava com o calor, a seca e a insolação. Adoeceu em cima do lombo do burro. Não caiu da sela, pois seria sua perdição, mas o muar solto e em solidão caminhou para onde quis, sem reflexão. Já o montador só se lembrava do calor e de se segurar do jeito que podia, esperando a noite chegar para aliviar seu padecer.

Parou numa clareira (na verdade quem parou foi o burro, cansado de andar sem destino no sertão). Encostou no pequizeiro, e ali ficou. Nem viu seu corpo cair, só sentiu a pancada no chão. E depois, mais nada. A sorte é que Jeremias, o burro, estava sem vontade de andar, e o cabresto preso na mão foi a única coisa que o homem se lembrou de amarrar. Quando acordou, já era noite, a cabeça doía. A sede era ainda maior. Do seu lado, o animal esperava contente, sem vontade de andar. Um medo desses que vem de repente apertou-lhe o peito.

— Me acode, minha Nossa Senhora!

O pedido veio junto com o pavor. Aquela região era de lobo, de cascavel e outros bichos peçonhentos. Se um deles o encontrasse naquele sofrimento, a chance de salvação era pequena. Levantou-se como podia, afastou os pensamentos ruins, engoliu o resto de saliva misturada ao pó e partiu. Melhor morrer andando que ficar por ali, esperando que a que não tem hora chegasse sem aviso.

Olhou em frente procurando algum sinal conhecido, abrindo seu caminho com o facão e a determinação de voltar para casa, encontrar a Rita e os meninos. Esse desejo era maior que a dor, a sede, a fome e o desespero. O burro ia atrás, sentindo sofrimento parecido, só não tinha o peso da consciência.

Então ele viu a beirada de uma pedra grande; sabia agora que não estava longe de casa, pois em menino aprendeu a se guiar pelas estrelas. E olhando no brilho delas marcou a direção do sul. Era verdade, a pedra conhecida estava ali. Viu a trilha que tinha percorrido há semanas, ouviu o barulho da cachoeira no fundo. Era água, era a vida, era o amor de Rita que o tinha levado até ali. Agradeceu a Deus e à padroeira.

Todo homem, pensou ele, é diferente, mas todos se assemelham na vontade de viver e de estar junto aos seus. Apertou o passo do animal em direção à salvação e depois de muito tempo sem saber o que era felicidade, se viu assim e sorriu.

GAIA, AQUELA QUE OLHA POR NÓS

Meu sobrinho Pedro realizou um sonho: mudou-se com a família para a Serra da Canastra. Essa região das Minas Gerais é considerada não só uma das mais bonitas do Estado, mas também um paraíso ecológico. Biólogo, naturista e corajoso, Pedro abandonou a cidade grande junto com a mulher, a filha e Gaia, sua cachorra. É. Até a cadela é politicamente correta.

Confesso que tentei demovê-lo da ideia, mas ele, com um sorriso despreocupado, me acalmou:

— Fica tranquilo, tio, a gente vai ficar bem!

E assim, esse colonizador da Nova Era partiu com sua família. Adquiriram um pequeno pedaço de terra com as economias de anos de trabalho e se foram. Segundo ele, há espaço para se construir uma pousada ecológica, na qual todos os alimentos consumidos serão orgânicos, a água vem de uma nascente das montanhas, o ar é puro e a paisagem é linda.

Vendo, como disse uma amiga, a falta de cuidado e educação que acometeu as pessoas nas metrópoles, me pergunto se ele não está certo e eu, enfurnado no escritório nosso de cada dia, equivocado. Buscando notícias do intrépido "navegante", ligo para minha irmã, mãe dele, e peço notícias do meu afilhado. Ela, sossegada como ela só, declara que tudo corre bem, a família vive feliz e a pousada está quase pronta. Mas, entre risadas, relata o que ocorrera na semana anterior com os colonizadores. Pedro tinha ligado pela manhã e o coração da mãe se inquietou por instante:

— Mãe!

— Diga, meu filho!

— O que é que eu faço?

— Não me assusta, filho, tem algo errado com você ou com a Claudinha? É a Thaís, minha neta? Diga, meu filho!

— Não, mãe, calma, está tudo bem!

— Então o que é que há?

— Sabe, o que aconteceu foi o seguinte: minha galinha Giselda sumiu. Eu saí procurando a danada. Vai daqui, vai dali, e finalmente ouvi uns piados. Eu a descobri numa moita, junto com 15 pintinhos!

— Ah, filho, para com isso! — respondeu, aliviada, a preocupada avó.

— Então escuta, mãe, o problema é outro! Os pintinhos são filhos do Atlético, o galo índico. Consequentemente, são todos negros e já está anoitecendo.

— Bom, filho, e qual é o problema?

— O problema é que todos estão correndo pelo quintal! Gisela, a galinha, os 15 pintinhos, Gaia atrás tentando ajudar, Atlético atrás de Gaia (não gostando nada do apoio dela), Thaís gritando e correndo atrás deles adorando a brincadeira e Cláudia atrás de todos tentando organizar a bagunça. Está escurecendo e, a senhora sabe, por aqui tem lobo-guará! Como faço para prender essa prole galinácea? — exclamou, angustiado, o jovem fazendeiro.

Minha irmã me contou, rindo, o inusitado problema de uma família no campo. Disse ainda que instruiu o filho a jogar um pouco de canjiquinha de milho no chão formando uma trilha até o paiol, onde a família carijó se reuniria. E assim ele fez. Indaguei à irmã querida se valia tanto esforço por um ovo. E ela, incontinenti, esclareceu:

— Quem mora na Serra da Canastra não compra ovo. Um canastrês legítimo cria suas próprias galinhas!

E assim, amigos, fiquei meditando sobre essa fábula rupestre. Na vida, felicidade não seria uma casa no campo, uma família feliz, uma galinha agitada, um galo orgulhoso e zelando por tudo e, finalmente, Gaia, que quer no fundo nos proteger e nos oferecer carinho e cuidado?

Pensamentos no ar

O vento traz um cheiro de fumaça. Olho pela janela do quarto e vejo uma nuvem estranha no horizonte: acinzentada, não dá vontade de imaginar elefantes ou baleias no ar.

O tempo está seco há vários meses; no início, as pessoas não reclamam, como ocorre com tudo na vida, mas depois de um certo tempo o calor sufocante, a irritação nos olhos, um pigarro que atinge a todos, fumantes ou não, começa a aborrecer. Os jornais alertam que é necessário se hidratar; tirando os beduínos e os camelos, parece que estamos em um deserto.

As flores não entendem o tempo frio nem a baixa umidade, e iniciam sua floração, a primavera se antecipa, mas não traz alegria nem prenuncia o amor, apenas preocupação. O que está acontecendo? O homem agride o planeta e este, apesar de sua benevolência, sofre.

Quando ouvimos falar das queimadas na Amazônia, ficamos apreensivos; contudo, o envolvimento é pequeno. Pensamos: *É triste; ainda bem que lá existem tantas árvores.* Mas, quando as chamas chegam aos condomínios mais distantes da minha cidade, nos deparamos com a realidade.

Todos estamos, literalmente, no mesmo barco. Navegando no espaço sideral, no silêncio do cosmo, a Terra gira no tempo da eternidade. Enquanto isso, resolvo ligar a televisão e vejo no noticiário que a Serra do Rola Moça — estranho nome para uma serra — queima há três dias. As chamas atingiram os jardins das casas e os moradores tentam apagar o fogo como podem. O vento forte não respeita muros ou condição social e avança sobre o condomínio particular.

Uma tristeza, dessas renitentes, vai me ocupando devagar, e a natureza aos poucos alerta: "Parem de me agredir! Vocês não têm para onde ir!" Não escutamos, porém, os avisos dela. As pessoas incendeiam tudo, o lixo, o mato, o pasto, as árvores. Esta história é antiga: os índios faziam assim em pequenas áreas, o sitiante começou com o mesmo tamanho, mas foi aumentando; de lá para cá, é só fogo e devastação. Não seria hora de parar e ver o mal que fazemos a nós mesmos?

Todo dia saímos, produzimos lixo e não reciclamos, ligamos os carros e vamos ao encontro do engarrafamento, pegamos o avião e cruzamos os céus deixando um rastro de combustível queimado. Tudo acontece em silêncio e sem constrangimento. No entanto, o mal caminha devagar, invade nossos rios e matas, escurece nosso horizonte. Será que só nós não vemos que os últimos pássaros da cidade são pardais, e não são azuis?

Enquanto vejo a nuvem acinzentada invadir a noite, acompanho sua jornada em direção à cidade que já foi bela e hoje, entristecida, se recolhe em sua timidez sem matiz; nos tempos antigos, tais sinais no céu seriam maus presságios. A noite chega sem trazer novo alento; me encontra assim, olhando o tempo, sabendo que o amanhã virá, e que os homens não olharão ao redor.

Só com meus pensamentos, vou atrás de ancestrais, dos homens que caminharam nesta terra onde o verde se estendia, onde os rios eram claros, onde os pássaros eram senhores do céu. Meus passos não têm pressa, acompanho o barulho da mata com respeito.

Por entre as copas das árvores, um raio de sol insiste em me encontrar. Um jovem macaco em cima de um galho me olha com curiosidade. Sou senhor do meu tempo e ele está bom, esta manhã de primavera me encontra feliz. Ando um pouco mais, sentindo a brisa matutina carregando o resto de orvalho da madrugada que há pouco se foi.

Me sinto pleno de alegria. Já fiz minhas orações, agradeci por mais um dia. Diante do riacho, me agacho, estendo as mãos, enchendo--as com a água límpida que levo ao rosto. Está fria!

Abro os olhos e me sinto em paz.

Nas ondas do rádio

Hoje em dia, uma das grandes discussões que a nós se coloca é o desaparecimento do livro impresso, diante do surgimento de meios digitais como os e-books e seus mecanismos de acesso: iPad, Kindle, Galaxy e tantos outros. Essa dúvida, porém, não ocorre só neste momento e não se restringe à mídia impressa. O que o futuro nos reserva, o que permanecerá e o que desaparecerá? Esta é a questão que se apresenta.

No passado, dizia-se que o videocassete (para os mais novos, afirmo, sim, que se usava uma fita para gravar e ver vídeos), depois o DVD e agora o blu-ray, iria acabar com o cinema. Contudo, o que ocorreu foi o ressurgimento da indústria cinematográfica, em todas as suas múltiplas possibilidades de exibição.

Talvez o caso mais emblemático de ameaça não materializada seja o que ocorreu na época em que surgiu a televisão. Para os profetas do apocalipse de plantão, ela decretaria o fim da "Era do Rádio". Mas lá se vão mais de 50 anos e o rádio e a televisão convivem, respeitando-se mutuamente, cada um com seu próprio público e espaço.

O próprio espaço, no que se refere ao armazenamento de conteúdo, se tornou o maior argumento de computadores e, atualmente, dos tablets. Poder guardar livros, mensagens e tudo o que a escrita produz é algo que assusta os desavisados e inflama os mais entusiasmados.

Pessoalmente, quando contemplo meus livros nas prateleiras de madeira, me vejo atraído pelas cores diversas das capas que os envolvem amigavelmente. Algumas encadernações são velhas amigas, outras são paixões mais recentes; ambas me seduzem. Cada uma delas reproduz uma cor e traduz uma ideia ou pensamento. Sinto-me meio jardineiro e poeta, num jardim de flores e fantasias. Ainda não consegui resistir, ao me deparar com uma livraria, ao seu chamado silencioso e incrível, que me desperta os sentidos e me convida a entrar.

Se pudesse, levaria comigo tantos livros que acho que nem no transcorrer de uma vida longa, que espero se Deus quiser alcançar, conseguiria lê-los. O mistério, as aventuras ou a paixão que um escritor traçou, com sua inspiração e poesia, estão ali, impressos nas páginas.

Se, todavia, ressaltei como exemplo de convivência pacífica a relação entre o rádio e a televisão, não quero dizer que isso ocorreu sem perdas e ganhos. No passado mais remoto, a chamada "Era de Ouro do Rádio", este veículo de comunicação reinava absoluto, mas sofreu um abalo de grandes proporções com a chegada da TV nos lares das famílias, modificando hábitos e costumes.

A radiotransmissão, seus programas e artistas sofreram um duro golpe com a chegada da imagem em movimento: um mundo encantado e desconhecido surgia em "preto e branco", transformando a relação do ser humano com os recursos tecnológicos. A comunicação e seus veículos, o rádio em especial, tiveram que se reinventar e ocupar um espaço novo, cujo futuro num primeiro momento se mostrava incerto.

Na minha vida, entretanto, apesar dessa nova possibilidade que me cativou, sempre houve um lugar reservado para esse amigo fiel de várias jornadas. Minha ligação com o rádio, sobretudo com programas em que ainda existe um locutor ou comentarista, é antiga, e permanece, apesar do fascínio despertado pela antiga "telinha", hoje encontrada em diversos tamanhos.

A parceria subsiste, embora eu me surpreenda, vez por outra, com alguém me chamando de "brother" e perguntando se quero ganhar camisetas, chinelos ou outras bugigangas se responder a três perguntas sobre bandas que não conheço, ou se conseguir ligar para o estúdio em 30 segundos a partir de agora: "Está valendo, moçada!"

Sinal dos tempos... Mas confesso que me espanto quando, à procura de uma música que me alivie do trânsito infernal, escuto piadas ou comentários de mau gosto. Não me atrai esse humor ácido, à base de piadas de baixo nível e de consumo rápido, que fere a integridade das pessoas.

Não julgo quem gosta disso ou aqueles que, sem serem tão rigorosos na escuta, com isso se distraem, afinal, a proposta é distrair e divertir quem escuta. Prefiro, entretanto, ouvir alguém que diz algo interessante, sem ter que gritar no meu ouvido, sem destratar quem quer que seja. Acho melhor acompanhar a narração de uma partida de futebol, com velhos ou novos bordões, do que um humorista que machuca para fazer rir.

Talvez seja assim porque, quando criança, um dos programas prediletos em família era ir ao estádio ver uma partida de nosso time. Nosso, porque meu pai não admitia torcida contrária à do seu time de coração, principalmente se o torcedor fosse da família. Minha mãe, super avançada para a época, era mais fanática do que ele.

Assim, na década de 1960, todas as quartas e domingos tínhamos nossa rotina sagrada: eu e meus pais nos dirigíamos ao campo para assistir uma partida de futebol de nosso time. Na ida, meu pai dirigia; na volta, dependendo do resultado, minha mãe era responsável pelo retorno da turma. Isso ocorria principalmente nas derrotas de nossa agremiação. Meu pai, rouco de tanto xingar o juiz e inconformado pela marcação de pelo menos cinco claros pênaltis a nosso favor, vinha discutindo consigo e com os companheiros de time, amigos diletos que acabara de conhecer na saída do jogo.

Minha mãe nada dizia nessas horas, apenas se sentava à direção do valente Fusca 68 e nos conduzia de volta para casa. Eu, em silêncio, me deitava no banco de trás, compreendendo a fúria do pai e respeitando sua dor, que eu mesmo compartilhava.

Minha mãe ligava o carro e em seguida o rádio. Ouvíamos, então, nosso cronista esportivo predileto, que nos explicava o porquê do insucesso de nosso time. Só era interrompido pelos repórteres de campo, que, com as entrevistas dos craques da bola, tentavam explicar o inexplicável.

"O futebol é uma caixinha de surpresas"; "o negócio é levantar a cabeça e partir para outra"; "nós tentamos tudo, mas a bola não entrou"... Enquanto isso, o trânsito fluía devagar, aliviando nossa decepção. Comparecer a uma partida de futebol era programa de família, e como tal não havia espaço para um eterno mau humor.

Mesmo as torcidas contrárias tinham respeito umas pelas outras e, quando se cruzavam na saída, não manifestavam intenção de agredir os adversários. As pessoas que estavam do lado perdedor andavam rápido, com cara de poucos amigos; já os vitoriosos não tinham pressa de ir embora, às vezes comendo com prazer um último churrasquinho ou oferecendo às crianças que os acompanhavam um grande saco de pipocas.

Felizmente, nosso time, na época, mais ganhava do que perdia, mas, independentemente do resultado, nossa rotina radiofônica não mudava. Deitado no banco traseiro, eu me deixava levar pela voz que vinha do locutor conhecido por meio das ondas curtas da comunicação.

O fusquinha seguia na sua toada tranquila, esperando o desafogar do tráfego, que era pesado mas andava diligentemente. Abandonando-me ao bamboleio do veículo, envolvido pela voz grave do narrador, eu adormecia sossegado. Não raro acordava, ainda meio sonolento, já em minha cama, na qual meu pai me depositara, com pena de despertar o jovem torcedor.

Muitos anos depois, meu filho André, ainda pequeno, fez uma excursão à Disney. Cedi à ida dele um pouco relutante, mas convencido pela insistência da mulher e do pequeno viajante, sabendo também que um colega de sala iria junto acompanhado dos pais.

Quando retornou, o intrépido aventureiro me abraçou longamente, me deu um beijo e me entregou um embrulho pequeno. Era meu presente! Quando abri o regalo, vi que era um aparelho de rádio. Ele olhou para mim com satisfação e me explicou sorrindo:

— Pai, eu não sabia o que te dar! Aí vi o rádio. Eu sabia que você ia gostar!

Quando meu filho era pequeno, nas noites fugazes nas quais um sonho desagradável vinha visitá-lo, eu me deitava ao seu lado, e, nessas ocasiões, levava um pequeno rádio para ouvir o último programa de esporte da noite, enquanto ele se recuperava. Ouvia baixinho, esperando que meu filho se acalmasse e adormecesse tranquilo, e agora era presenteado por minha atitude de carinho e solidariedade paterna. Sorri para ele e confirmei:

— Adorei, meu filho!

Seus olhos brilharam ainda mais; ele me deu outro abraço e saiu para brincar com os amigos.

Até hoje, passados tantos anos, com o filho adulto e fora de casa, ainda topo com meu presente quando abro inadvertidamente a gaveta da mesa de cabeceira ao lado da cama, à noite, antes de dormir. Encostado no fundo do móvel, vejo meu antigo regalo, hoje mudo, mas ainda conservado e íntegro. Lembro-me de tudo o que ouvi e senti através de sua fala, rememoro um garoto e um pai. Dessa maneira, viajo pelas ondas do rádio, que tocam as fibras do meu coração.

A MOÇA NA JANELA

A tarde caía devagar sobre o dia, como uma folha de outono que se desprende, sem pressa de chegar ao solo. O último sabiá, antes de partir para Pasárgada, cantou no alto da palmeira que se avistava da janela da fazenda onde, recostada, de costas para o mundo, uma jovem lia uma carta.

Com o entardecer, um vento frio se insinuou por uma fresta, adentrando o ambiente. Um xale negro lhe protegia as costas, e ela levou aos lábios parte do tecido, escondendo a boca. Com os olhos fixos na missiva em suas mãos, não sentia o frio, mas a tristeza do entardecer envolvê-la lentamente, trazida quem sabe pela noite que já se avizinhava.

Seus cabelos negros emolduravam-lhe o rosto delicado. Como ornamento, somente um brinco, no qual se sobressaía um pingente com uma pedra preciosa. Sua tez clara, ressaltada pela palidez que a acometia, só a fazia mais bela e delicada. Ausente das coisas da terra, não percebeu a mãe se aproximar:

— Cristina! O que te aflige, minha filha?

A moça se viu assustada com a pergunta a ela dirigida. Com sutileza, num gesto quase natural, passou a mão direita sobre a lágrima que fugia ao seu controle.

— Nada, mamãe! São só notícias! — respondeu, como se o que havia lido não a atingisse.

Dona Leopoldina se acercou da filha cuidadosamente.

— Minha filha! Sabes que tens minha atenção e meu carinho sempre prontos para te ouvir! Vamos! Diz! O que te aflige a alma?

A jovem abraçou a mãe, e deixando as lágrimas seguirem soltas sobre seu lindo rosto, respondeu:

— Ah, mãezinha! Não sei como te dizer!

A mãe a envolveu nos braços e, com delicadeza, fê-la sentar-se a seu lado, no vistoso banco de jacarandá que se encontrava junto à parede. A fazenda Santa Maria era famosa na região. Sua estrutura colonial, sólida e imponente, se destacava na paisagem rural. As paredes brancas e as janelas e portas azuis realçavam sua estrutura.

O senhor Antônio, dono e senhor daquelas terras, fazia justiça ao título de nobreza recebido há pouco do Imperador D. Pedro II. Pai de Cristina, e casado com dona Leopoldina há mais de 20 anos, era considerado o homem mais rico da região.

Na vida, só tinha duas paixões: a família e o café, nesta ordem. Mandara fazer todos os móveis da fazenda em jacarandá trazido da Bahia. Sentava-se com gosto na varanda que dava para o vale à sua frente, onde havia plantações a perder de vista. Cristina era sua única filha. Viera quando ele e dona Leopoldina já não tinham mais esperanças de que um fruto de seu amor brotasse. Nascera a menina quando a mãe já contava trinta primaveras, na idade em que as mulheres eram consideradas balzaquianas, incapazes de conceber. Mas Deus lhes enviara um anjo. A criança nasceu com saúde e beleza.

— Diz, minha filha. Sabes que podes contar comigo.

A garota se encheu de coragem e lhe disse:

— Mãe, a carta é de Leopoldo! A senhora o conheceu no meu baile de 15 anos.

A mãe fez um esforço para se recordar do nome, associando-o em seguida a um rapaz de porte garboso e educação correta.

— Sim, me lembro dele. Um jovem oficial do exército, filho de um amigo de teu pai.

— Esse mesmo! Naquele dia, nos conhecemos quando eu recebia os convidados ao lado do meu pai e da senhora. Foi quando o vi pela primeira vez. Meu coração disparou quando ele segurou minha mão e os lábios dele a tocaram com respeito e delicadeza. Algo queimou dentro de mim. Não sei explicar, só sei o que senti.

— Entendo, querida! — sorriu a senhora, condescendente, aguardando o final da história.

— Naquela mesma noite, dançamos mais de uma música. A festa tinha muitos convidados, mas parecia que só nós dois estávamos ali. Mais tarde, sem que ninguém percebesse, nos dirigimos à varanda, caminhamos em direção ao guarda-corpo e paramos no canto do passadiço, em frente à janela que dá para o meu quarto. Ele me pediu licença pela audácia e disse: "Senhora Cristina, desculpe se me atrevo a ir além do que o bom senso sugere. Mas fui tocado por um sentimento que tomou conta de mim. Sei que posso pagar pela ousadia, mas me arrisco a dizer que meu coração se tornou um prisioneiro em suas mãos. Se, porventura, tivesse pelo menos a esperança de compartilhar um dia deste sentimento consigo, seria o homem mais feliz do mundo". Estávamos de frente um para o outro; a senhora sabe, ele é bem mais alto do que eu, mas, tomada por uma coragem que não sei de onde tirei, olhei bem para aqueles olhos azuis que me fitavam intensamente e respondi: "Senhor Leopoldo, meu coração é invadido pelo mesmo sentimento". Ele se aproximou de mim, abaixou-se e me beijou com delicadeza os lábios.

A moça terminou a frase ruborizada, como se vivenciasse a cena novamente. A senhora da casa levantou com mansidão o rosto da filha.

— Minha filha, isso não é motivo para lágrimas ou tristeza. Apesar da ousadia do moço, entendo que o amor, quando surge, nos impulsiona e nos faz agir como se estivéssemos tomados por uma loucura que desconhecíamos até então, e que nos arrebata.

— Sim, mãezinha! — disse a filha, concordando, ainda sobressaltada. — Mas agora ele me escreve pedindo autorização para conversar com meu pai. Quer ter o direito de me fazer a corte e deseja autorização formal para assumir um compromisso de relacionamento sério entre nós.

A mãe escutou a filha, sorriu e retrucou com tranquilidade:

— Minha menina, falarei com teu pai após o jantar. Leopoldo me parece um rapaz sério e de boas intenções. Teu pai é um homem justo e bom. Acredito que ouvirá com cuidado e atenção o pedido de teu pretendente, e decidirá o melhor para você. Então, aguardaremos sua opinião. Confia e acalma-te. Enquanto isso, escreve a Leopoldo e recomenda-lhe aguardar os acontecimentos. Quando teu pai tiver tomado uma decisão, acredito que fará questão de comunicar, a ti pessoalmente e diante de teu pretendente, a resposta ao pedido que lhe é feito.

A moça olhou para a mãe como se houvesse visto um milagre. Abraçou-a e a beijou na face. E, se mostrando ainda criança, saiu correndo em direção ao próprio quarto, como se tivesse recebido uma graça num dia de oração.

A noite caía, agora, cobrindo com seu manto negro a tristeza de uma jovem que descobria o amor. A lua surgiu devagar, emprestando seu brilho ao olhar da moça, que, em silêncio, contemplava a escuridão e as estrelas que se faziam presentes. Através da janela do quarto, a menina percorreu com o olhar a varanda e se deteve um instante no local onde encontrara seu par.

Lentamente, se virou em direção ao luar. Ela viu além; viu o futuro. Um sorriso maravilhoso surgiu em seus lábios; suspirou fundo e sentiu em seguida o perfume de dama-da-noite que enfeitava o lugar. Devagar, fechou a janela, se dirigiu a seu leito, apagou a vela que lhe fazia companhia. Fechou os olhos e continuou sonhando acordada.

Não se abandona o barco

Uma viagem num transatlântico de luxo se tornou um desejo de muitas pessoas. Porém, o que parecia ser um sonho se tornou um pesadelo. Em nosso imaginário, nos vemos atravessando os oceanos num ambiente de alegria e prazer, uma imagem que nos últimos tempos foi vendida às pessoas exaustivamente. Não é por outro motivo que cada vez mais se constroem navios gigantescos, verdadeiros arranha-céus marítimos.

Eu mesmo me aventurei num desses cruzeiros, por insistência da esposa e dos filhos; e, apesar de se tratar de uma viagem curta, de três dias, confesso que me senti aliviado quando coloquei os pés em um porto seguro. A despeito das evidências, ainda tenho dificuldade para aceitar que algo tão pesado flutue na água sem afundar.

O mesmo espanto às vezes me acomete quando me vejo em um avião e este se eleva aos céus, mesmo sendo mais pesado que o ar. Resquícios de um homem antigo que permanecem em meu inconsciente? Não sei dizer. Mas que me causa espanto, isso não posso negar. Contudo voltemos ao mar, ou melhor, ao navio, objeto inicial destas reflexões, embora não sua razão principal.

Quero falar do infeliz acontecimento ocorrido com um desses transatlânticos, o Costa Concordia, que se chocou contra as rochas e tombou perto da ilha de Giglio, na Itália. Havia 4200 pessoas a bordo, das quais treze tiveram morte confirmada e cerca de 20 se encontravam desaparecidas quando eu escrevia este texto. O capitão foi acusado de abandonar o navio e não coordenar o salvamento daqueles que estavam sob sua responsabilidade.

Enquanto se apuravam os fatos e, sem querer condenar antes de um júri, eu me perguntava: o que faz algumas pessoas abandonarem aquilo ou aqueles sob sua guarda? Por que, na hora do desespero, não é incomum ver homens fortes e sadios passarem por cima de mulheres, pessoas idosas e crianças? Essa realidade cruel é vista em outros episódios trágicos que envolvem grandes multidões, nos quais o risco de morte surge de forma inesperada e violenta. Na vida, valerá o "salve-se quem puder"?

Não acredito. Ainda que não tenha vivenciado essas experiências no plano externo, creio que permanecer firme diante de uma grande onda que se aproxima é o papel principal de todo capitão. E não falo desse episódio trágico em específico; falo de nossa própria vida, e do modo como nos conduzimos diante dos imprevistos. Somos os responsáveis por nossa atitude diante do revés, do inesperado.

Confesso que o medo se aproxima veloz quando me encontro no meio de uma tempestade pessoal, quando as dores batem forte sobre o meu convés, quando a doença se aproxima sem compaixão e sem se intimidar diante das minhas preces de proteção. Olho para o céu e ele me parece nublado, não avisto as estrelas nem seu Criador. O desespero se encontra junto a mim e me convida a abandonar o barco.

Mas já que não está ao meu alcance evitar os acidentes de percurso sempre que eles surgem, o desespero insiste para que eu seja por ele derrotado, ressaltando, ainda, que muitos dos eventos perigosos e amedrontadores pelos quais passo foram criados por minha própria negligência (outros são condições encontradas neste mundo). Assim sendo, seria melhor abandonar a esperança e me deixar levar, em sua companhia, para as águas profundas da depressão.

Quando isso ocorre, tenho duas opções: aceitar o convite nefasto desse sentimento intruso ou permanecer lutando, diante das dificuldades que me envolvem. Nessa hora, uso de todos os recursos que possuo: a força intelectual e psíquica ou aquela que extraio da amizade. Mesmo o mais bravo capitão, sozinho, não conseguirá enfrentar o mar revolto e os ventos do sofrimento, mas cabe a ele aceitar a realidade que o cerca e encarar seu fardo e os percalços que aparecem. Nossa atitude determina a forma de permanecer presente, e estar vivo é mais do que respirar, é ter consciência de cada momento.

Se olharmos em volta, veremos outras pessoas tão (ou até mais) aflitas do que nós. Para elas, podemos representar aqueles que permanecem à frente do navio, acreditando em um futuro melhor. Mesmo não vendo as estrelas, sabemos que elas estão lá e que foram criadas por Deus, assim como nós. Sabemos, ainda, que não estamos sós...

E é esta certeza que nos leva adiante, nos dá forças para enfrentar nosso destino.

Apenas um gesto

Era um garoto triste. Tinha medo e não sabia por que, era solitário e sofria calado. Os pais não prestavam muita atenção nele. Afinal, menino bom, dos filhos era o que ficava quieto e não aprontava. De tanto ouvir para não fazer isso e aquilo, ele aprendeu que, se ficasse só em seu quarto, os pais paravam de gritar com ele.

Andava pelos cantos. Lia o tempo todo. Nas histórias, era o mocinho aventureiro. Mergulhava no mar em mil léguas submarinas, andava no deserto e subia nos picos mais altos. Conseguia voar e era sempre feliz.

Um dia, a mãe o colocou num colégio interno (naquele tempo ainda existia isso). Lá, ele começou a se mover da mesma forma, silencioso e quieto. Como os quartos eram individuais e havia um grande número de alunos, sua presença passava sem ser notada. Em sala sua postura era valorizada; não dava trabalho aos professores. No refeitório, comia rápido e pouco; quando terminava, punha uma maçã no bolso e subia para o quarto. Lá encontrava seus livros, heróis e sonhos. Sim, sonhava que o mundo era fraterno, que todos gostavam dele, que os pais o visitavam nos finais de semana como faziam as famílias de seus colegas.

Não raro, lendo com um toco de vela que ficava em cima do criado-mudo que lhe fazia companhia, dormia sobre os livros. A vela era uma das muitas que roubara da capela do colégio, talvez seu único pecado; mas, como se tratava de uma boa causa, ele mesmo se perdoava. Sua vida seguia como esses pequenos riachos no meio da floresta, os quais, despercebidos, correm silenciosamente, mas com um potencial imenso.

Certa vez, porém, enquanto, distraído, folheava um de seus livros prediletos, ouviu uma voz:

— O livro é bom?

Assustou-se. Um garoto parado ao seu lado lhe fazia uma pergunta. Sem se refazer ainda do acontecido, pois não acreditava que alguém, excetuando um professor na chamada, pudesse se dirigir a ele, respondeu timidamente, no tom mais baixo que podia:

— É, sim!

— Você pode me emprestar quando terminar? — indagou o menino, tranquilamente.

— Empresto! — conseguiu dizer o outro, estupefato.

— Legal! Meu nome é João! — disse, estendendo a mão.

Sem saber direito como agir, o leitor limitou-se a declarar:

— O meu é Lucas! — e apertou a mão do outro, ainda com receio.

A partir de então, se tornaram muito próximos. João era quase da idade de Lucas, apenas um mês mais novo. O que faltava a um em espontaneidade e extroversão, o outro tinha de sobra. Enquanto João gostava do discurso, Lucas há muito aprendera a ouvir. Com o tempo, pela primeira vez, se permitiu dizer algo próprio. O companheiro de leituras se mostrou interessado nos relatos que o menino fazia do que já havia lido. Apesar de serem muito diferentes, amavam os livros com a mesma paixão.

Aquele relacionamento que nasceu pequenino foi se fortalecendo com o passar dos anos. Lucas, acreditando que alguém podia gostar do que dizia, aos poucos conseguiu se relacionar com outras pessoas. Um sorriso que ele desconhecia começou a surgir em sua face durante as conversas engraçadas dos colegas. Um novo tempo surgiu para ele, um tempo e um lugar onde era visto e reconhecido. Percebeu que tinha em suas mãos algo que jamais imaginara possuir, embora já tivesse lido a respeito em várias obras literárias.

Era muito melhor do que estava descrito nas histórias de aventuras. Era um tesouro, mais valioso do que as joias e o ouro pelos quais piratas brigavam em árduas batalhas e destemidos exploradores arriscavam a própria vida no meio das selvas.

Era, na verdade, algo sincero e verdadeiro: um amigo.

Lembranças

Ele estava sentado em frente à casa, descalço, pois era domingo e não era dia de ir pra roça. Na igreja, não ia! A mulher e os meninos já estavam lá para assistir às preces. Ele não, tava brigado com Deus, por causa do Juca, seu irmão mais novo. Criara o bichinho desde pequeno, o pai tinha morrido depois uma queda de cavalo numa vaquejada. Que Deus é esse? Que leva as pessoas assim, sem explicação?

Tava ele e o irmão, lado a lado, junto com os companheiros cortando cana. Tava quente, mas tava quente pra todo mundo! Juca falou assim:

— Zeca, tá quente! Vou encostar um tanto, debaixo daquela árvore!

E foi. Achou estranho, mas o trabalho não dava folga: facão na mão e o sentido no serviço. Lá pelas tantas, olhou para o lado, procurando o irmão mais novo, mas ele não tinha voltado. Estranhou. Juca não era de "enrolar", nem de fugir de obrigação assumida. Parou um instante e foi olhar. Chegou perto do pequizeiro, única arvore que não abandona o pobre no cerrado. Viu o corpo no chão, achou que ele tava dormindo. Se achegou e viu que era mais sério. O médico explicou o inexplicável:

— Rebentou uma veia na cabeça! Igual represa rebenta na cheia — tentou esclarecer o que não tinha explicação.

Falou assim pensando que tava falando de passarinho, ou coisa sem importância. Assim desse jeito mais sem jeito. Sem conseguir aplacar a dor, que desceu no vale do seu coração rebentando o que tinha pela frente, pensou só em desgraça. Olhou para o "doutor" e saiu. Daquele dia em diante, não foi mais à igreja.

Agora tava ali sozinho, picando o fumo para o "pito". Tinha parado de pitar, mas voltou depois do acontecido. Sentado no degrau de madeira, na frente da porta da entrada, ficava ali, só pensando, sem querer pensar. O sol tava forte, devia ser metade de um dia. A porta meio aberta atrás dele não convidava ninguém para entrar. Era desleixo, falta de vontade mesmo.

A mulher já tinha dito pra ele procurar o médico que trata da cabeça, "das tristezas", que ele não tava bão, não! Isso ele sabia, não precisava de doutor pra saber disso. A faca cortando o fumo brilhava com o reflexo do sol. Segurava o rolo com a esquerda e picava com a direita. Ficava ali, só no pensar.

O povo passava em frente e nem mexia com ele, sabia que picar fumo é coisa séria, merece atenção e sentido no fazer. Ele não se importava com o silêncio ou com a falta de companhia, tava sem assunto, depois do acontecido. Ia trabalhar na precisão, por causa dos meninos e da mulher, que não tinham culpa do fato. Era necessidade pôr feijão no prato dos meninos; era obrigação. Mas a vontade tava longe, debaixo de um pé de pequizeiro. Enterrada igual toco no mato. O cigarro de palha ficou pronto.

Olhou o serviço feito, enfiou a mão no bolso e tirou a binga. Era do pai, ficara pra ele. As lembranças voltaram, acendeu e tragou com força. Sentiu a tontura e exalou a fumaça pela boca e pelo nariz. Olhou para frente sem pressa, esperando devagar o dia se ir, e quem sabe com ele, um dia, levar a tristeza que tava presa no seu coração.

Quando o passado adormece

Li numa coluna de Fernando Reinach, no Estadão, "Como apagar memórias sem deixar traços". Gosto do estilo e do conteúdo dos textos dele, e esse, em especial, me chamou a atenção: relatava os avanços da ciência no uso de medicamentos para remover traumas e medos patológicos. Não quero entrar na discussão científica da matéria, por não ser este o objeto de minha reflexão, mas isso não me impede de indicar a leitura desse cientista-escritor, que muito admiro.

Penso, antes, neste mundo em que uma "pílula mágica" que ingeríssemos pudesse apagar de nossa memória tudo aquilo que nos feriu, magoou e deixou marcas: um amor perdido, uma ofensa recebida, a tristeza e o sofrimento que acompanha a partida de alguém próximo. Seria um mundo onde o "coro dos contentes" prevaleceria, onde a dor se transformaria numa lembrança distante, descrita em velhos livros de História. Neles, o capítulo sobre o século XXI, tão distante e irreal, faria menção a um mal longínquo que devastava a população nessa época pregressa: "Eram homens e mulheres que usavam parte de suas próprias secreções, as lágrimas, como as chamavam, para aliviar o pesar que os afligia. Com o tempo, estas manifestações também começaram a se tornar mais e mais raras, até que, como não eram vistas, foram consideradas extintas."

Não gosto dessa visão de futuro; contudo, não quero dizer que sou a favor da dor e do sofrimento. Sabemos que, em momentos extremos, ou de grande dificuldade, somos gratos aos fármacos e analgésicos que aliviam o padecimento e as doenças, e nos beneficiam. Já o atendimento médico, acompanhado de um diagnóstico correto, é necessário e imprescindível diante das dores físicas ou da alma que por vezes acometem o ser humano.

Acredito, entretanto, que nossas lembranças fazem parte de nossa história. Causa-me temor a possibilidade de, ao tentar apagar uma determinada passagem em nome de uma suposta felicidade, perdermos algo além do necessário ou do prescrito. De fato, corremos esse risco. Somos constituídos por nosso passado, nossa trajetória — uma obra escrita por nós com o auxilio de vários outros, que constituem conosco a pessoa que nos tornamos.

Um mundo sem dor não é real. Vivemos e nos deparamos com ela desde que nascemos. Ao sermos expulsos deste "paraíso", nos vemos movidos por sensações e estímulos que desconhecíamos.

Iniciamos a viagem neste planeta que nos é estranho, e buscamos com todas as nossas forças aquela que nos acolhe e alimenta: a mãe natureza. Nem todos têm a mesma "sorte" ou destino, mas muitos vencem essa primeira etapa da vida. Com o tempo e nossas vivências, vamos descobrindo novas fronteiras. A inocência se deixa ficar, ou nos é retirada.

Um dia, nos sentimos despertos ou impelidos por uma força, uma paixão ignorada. Nosso coração dispara, nos sentimos magnetizados por um outro ser. Um desejo até então adormecido e um calor que não é o do deserto surgem diante de nós, e brilham, por vezes nos cegam, como se olhássemos diretamente para o sol. Da fusão desses dois eventos, unidos como se fossem um, ocorre um fenômeno. O sentimento acontece, irrompe e nos arrebata.

O tempo segue seu percurso cósmico: está ao meu lado, à minha frente e no meu passado. Neste mesmo coração que aprendeu a amar a tristeza tem um lugar, junto a uma perda, na expectativa de uma partida futura. Mas não me deixo levar pelo futuro, e guardo o passado com cuidado. Olho, vejo onde estou e tenho a certeza de que não quero esquecer.

Um doce diferente

A casa de minha avó era grande; maior, porém, era seu coração. Junto dela, eu sentia um conforto e uma ternura difíceis de expressar. Acho que seu perfume de aroma floral e seus olhos azuis, que sempre pareciam estar sorrindo, ajudavam. Lembro-me de que, por eu ser pequeno, ela acreditava que meus banhos nunca era bem tomados. Assim, de vez em quando, ela me colocava em sua banheira com pés de bronze (que imitavam as patas de uma ave) e me lavava "de acordo". Apesar de eu não ser fã de água, como ocorre em geral com as crianças, eu me deliciava quando ela ensaboava meus cabelos com Phebo e os enxaguava, sem pressa e com cuidado: tenho para mim que esse é o aroma do amor. Depois de me secar do jeito certo, inclusive atrás das orelhas, era a hora do abraço. Era gostoso abraçá-la: o aconchego em seus braços me envolvia numa onda de calor e carinho.

Nunca me castigou, apesar da certeza que guardo comigo de que ela sabia quem era o coelho que arrancava e devorava parte das cenouras de sua horta e depois as devolvia meio comidas à terra, deixando um pedaço do furto para que este não se desprendesse e denunciasse a travessura de menino.

No domingo, íamos à missa: ela colocava o véu, numa das mãos me levava e seu terço na outra. Tinha sempre em casa um doce de tacho ou uma compota de fruta para receber os amigos. Embora não cozinhasse com tanta frequência como outrora, ainda era famosa pelos doces de leite e pés-de-moleque, suas especialidades.

Meu avô prosperara com o trabalho árduo. Ela, por sua vez, o ajudara, cozinhando para aqueles que trabalhavam na fazenda onde ele era capataz. Pelo marido, para seguir seu amor e seu coração, abandonara a vida suave que seu pai lhe dera. Foram morar numa casa simples no campo, num lugar solitário. Quando vieram as crianças, ela continuou batalhando e auxiliando o marido. Em vez de desanimar com as condições difíceis, se fortaleceu e trabalhou mais. Com o tempo, a bem-aventurança chegou à casa dela. Não se esqueceu, todavia, de ajudar aqueles para os quais a sorte não havia sido benfazeja. A todos socorria, relembrando os tempos duros; mas o fazia sem ostentação. Seu bom humor e alegria eram igualmente famosos.

Recordo que, numa dessas idas ao interior, o ônibus em que eu viajava chocou-se lateralmente com um caminhão de carvão que vinha em sentido contrário. No acidente, sem consequências trágicas graças às janelas abertas, grande quantidade de pó de carvão entrou para dentro do veículo. Quando desembarquei na cidade, vovó riu-se da situação junto com Dinha Fia, sua fiel aliada:

— Olha, Fia! O menino tá igualzinho o neguinho do pastoreio!

Seu sorriso desarmou meu emburramento. Todo amuado com a situação, me senti bonito e fui com ela lavar minha tristeza de viajante.

A melhor hora era à tarde, quando ela se deitava na rede da varanda para ver o sol se pôr. Eu buscava seu colo, que jamais me faltou, e, embalado por seu afeto, me deixava levar olhando para o céu, sentindo o dia sair para descansar. Antes de deitar, um copo de leite e um pedaço de rosca eram certos, bem como o dom de um dos meus abraços prediletos. Em seguida, ela me levava para dormir. Eram dias tranquilos e noites seguras as que vivi ao seu lado. Era um tempo de menino criado com carinho, uma época singela, na qual os doces eram mais doces e tinham gosto de felicidade.

Encontrando o amor

Nas vésperas do Natal fui ao shopping com minha mulher para comprarmos presentes. O problema é que, de todos os habitantes da cidade, me pareceu que a maioria teve a mesma ideia. Como minha irmã dizia, nesses momentos as lojas ficam tão lotadas que parecem "a visão do inferno"!

Se eu vivesse na Idade Média, fortaleceria minhas muralhas, pois ao ver as pessoas avançando em direção às prateleiras, em busca daquilo que almejavam comprar, me lembrei da descrição da invasão de Roma pelos hunos. Nem o bando de elefantes que o general Aníbal comandava deve ter feito tanto estrago.

Vencido por essa horda de "bárbaros", já estava me apavorando quando avistei ao longe uma poltrona na qual me sentei após uma corrida discreta; cheguei à frente, aliás, de outro refugiado da guerra consumista. Pedi licença à minha companheira de luta (a saber, minha esposa) e me deixei ficar.

Ali, do alto de minha pirâmide particular, contemplei o mundo ao meu redor. Olhei as pessoas e imaginei suas histórias. Muitos casais de mãos dadas cruzaram o meu caminho; eu os via felizes, no prenúncio de um novo amor que surgia. Uma velha senhora solitária, caminhando com o apoio de uma bengala, fez com que eu me perguntasse a razão de tal solidão. Seria consentida, buscada ou acontecida?! Enquanto, silenciosamente, ela passava por mim, me vi envergonhado por tantas vezes me sentir sem vontade de sair com os amigos, com os meus filhos, com minha mulher, por acreditar que meu desejo de estar diante de uma televisão, lamentando os problemas nossos de cada dia, resolveria minhas questões.

Nesse ínterim, uma criança pequena se aproximou: trazia em uma das mãos um balão azul (se meu leitor for paulista, uma bexiga). O pequeno artefato flutuava, impregnado da mistura de gás que o sustentava e lhe dava leveza no ar. A seu lado, a mãe acompanhava os passos do pequeno aventureiro, dando-lhe a oportunidade de lançar seus primeiros movimentos no mundo livremente, mas sob um olhar protetor e vigilante. Aguardava com tranquilidade no local onde estava, um refúgio das intempéries do consumo; não havia grandes lojas ao redor e as que ali se encontravam não apresentavam o movimento enlouquecido do entorno.

Enquanto eu observava, nosso pequeno explorador se alegrava em segurança, divertindo a todos com sua ingenuidade real e feliz. Perdido em meus devaneios, vi caminhando em direção ao lugar em que me encontrava uma mãe com duas crianças, a menor no colo e ao seu lado a mais crescida, que, subitamente, escorregou e caiu, por pouco não bateu com violência a cabeça no chão. A mãe tomou a criança nos braços com delicadeza e presteza; o garoto sofrera um esfolado no cotovelo.

Beijos, carinhos e palavras de conforto acompanharam o atendimento de urgência materno. O choro sentido do pequeno se perdeu ao longe, enquanto outros personagens passavam por mim. Me peguei preso àquele acidente, tão rápido que a responsável pelo rebento não pôde agir para evitar a queda. Lembrei-me de meus filhos: tenho um rapaz, André, e uma moça, Mariana, hoje adultos, mas eternas crianças em meu coração. Quando caíam e se machucavam, lembro o meu desespero e a falta de jeito para enfrentar o imponderável: pai de primeira viagem, sem ter lido corretamente o manual, não sabia lidar com o imprevisto. Pior, me sentia culpado pelo ocorrido.

Sentado, ainda aguardando que Valéria concluísse com êxito nossa "batalha natalina", me recordei de tudo, ou quase tudo. Refleti principalmente a respeito de minha fragilidade, que permanece esquecida em minha intimidade, protegida por uma couraça social que construí para enfrentar o inaceitável — o que é imprevisto, aquilo que foge ao meu controle: os acontecimentos da vida.

Hoje percebo claramente que a dificuldade de aceitar a vida e suas ocorrências não é exclusividade minha. Quando nos acomete uma doença, dessas que nos fazem de certa forma reféns de seus efeitos, nos damos conta de nossa mortalidade. Não é raro a revolta nos impedir de enfrentar nosso destino. Normalmente, é mais fácil imputar a alguém ou a algo a responsabilidade pelo acontecido. Muitas vezes, como crianças assustadas, buscamos através do choro e do lamento a ajuda daquele que sempre esteve ao nosso lado ou, segundo o nosso entendimento, deveria ter estado. Mas sabemos que mesmo quem nos protegeu, ou foi por nós, em nossa crença, responsabilizado por essa ausência, não pode sofrer por nós.

Diante do inevitável, nos deparamos com nossa própria existência. Crescidos, em parte ou no todo, guardamos no nosso inconsciente a essência dessa criança que permanece em nós. Frequentemente, ela foi amparada ou acompanhada, se permitindo, então, um caminhar audacioso, com um balão azul nas mãos. Assim, a chance de encontrarmos força e coragem para ir em frente é real. Se, mesmo com essa vivência, a dor for tão latente em nossa mente ou corpo que chegue a nos enfraquecer, temos, em nossa essência, o recurso de pedir ajuda àquele que nos criou a todos.

Pode ser que Ele não nos levante do chão, mas, se conseguirmos fazer esse movimento em Sua direção, Ele nos acolherá em Seus braços, junto a Si, já que há muito prometeu, quando tentaram nos impedir de nos acercar Dele: "Deixai vir a mim as criancinhas, pois é deles o reino do céu".

— Gustavo! Vamos, amor!

Olhei para cima e vi Valéria, sorrindo, me chamar para irmos embora. As sacolas não eram muitas, mas seu sorriso denunciava que ela havia vencido a batalha natalina. Sorri de volta, levantei e voltamos para nossa casa, para o mundo real, onde muitas vezes esquecemos as primeiras histórias que ouvimos, essas que estão guardadas em nosso coração.

PARIS NEM SEMPRE É UMA FESTA!

Algumas histórias me tocam, e "Meia-noite em Paris" foi uma delas. É verdade, só agora vi a película de Woody Allen. Perdi aquele costume antigo de ir ao cinema, talvez por ter encontrado tanta gente fazendo um festival de pipoca na sala de exibição, talvez porque eu tenha, com o tempo, ficado mais chato. O certo é que, para desgosto de minha mulher, tenho ido pouco ao cinema. Mas não quero falar das minhas implicâncias, e sim do filme.

Numa noite tranquila, peguei o vídeo numa locadora e, acompanhado da esposa, juntos no sofá da sala, me redimi ao menos um pouco. À parte a beleza das cenas em si, de uma Paris deslumbrante, e sem entrar propriamente no enredo — pois alguém pode não ter visto o filme e não quero estragar o prazer contando mais do que devo —, o que me tocou foi a ideia da insatisfação com o tempo em que vivemos.

Essa sensação de querer ter vivido numa outra época, melhor que a atual, não me é estranha, quem sabe porque um sonho ou fantasia costuma ser mais rico do que a realidade, quiçá por imaginar que o mundo em outra época do passado era mais belo e encantador. Fico pensando, ainda, se é o receio diante do futuro que nos faz de algum modo voltar ao passado, como se pudéssemos reescrever nossa história e criar um final feliz para nós mesmos.

Sinto, muitas vezes, que viver neste tempo em que tudo é tão rápido e efêmero não me seduz. Hoje a cultura passa despercebida, e o fato de o valor do dinheiro frequentemente se sobrepor a qualquer relação pessoal verdadeira pode favorecer esta minha impressão.

No filme, o personagem tem a oportunidade de buscar outras respostas. Sua dificuldade de lidar com seu querer, ou a facilidade com que entrega sua vontade nas mãos dos outros, me fez refletir. Me sinto meio perdido neste mundo meio louco, dos bits e baladas, champanhes e cervejadas, como um personagem fora do lugar. Não compreendo bem essa necessidade urgente de felicidade, a falta de espaço para uma tristeza normal, a necessidade de se falar e rir cada vez mais e cada vez mais alto.

Por vezes, sonho com uma conversa na sala, um sarau, um chá ou um café servido com gosto, quiçá um cálice de vinho do Porto. Será possível conversar sem preocupação com alguma gozação por vezes agressiva, de alguém que insiste em ser engraçado à custa do embaraço alheio? Volto a Paris numa época em que talvez o mundo fosse mais bonito e as pessoas mais interessantes, quando havia espaço e lugar para sermos verdadeiros. Mas percebo que esse mundo que busco tem também suas fragilidades e, por melhor que seja a fantasia, a realidade tem outras cores.

O sonho de viver entre artistas, de estar presente enquanto o belo é criado, não é negativo. O ruim é acreditar que nada de novo possa igualmente surgir agora, desconsiderar o presente, vivendo na apreensão de um futuro sem cor, estampado nos jornais. Tantas notícias nos ameaçam e nos amedrontam, tantas mazelas e sofrimentos são anunciados já ao nascer do dia. O pensamento se desgasta com o mal e o malfeito, engolidos junto com o café da manhã. Fica uma sensação de desesperança e um gosto amargo na boca, e não vem do café.

Mas se Paris não é mais uma festa, a vida também não é uma tragédia publicada num jornal. Viver é renovar o pensamento, é construir a própria vida com seu próprio argumento. É sair da fantasia e não ter medo do futuro, é contar a própria história, na qual o final feliz depende da coragem de aceitar este tempo e vivê-lo da melhor forma possível.

Quando o amor demora a chegar

O pai chegava tarde em casa. Eu ouvia a porta se abrir, reconhecia seus passos arrastados vindo do trabalho. Ouvia o barulho das chaves jogadas em cima da mesa. Em seguida, tudo era igual, a geladeira era aberta, a garrafa de leite posta sobre a mesa. A mãe chegava com seu pisar silencioso, perguntando a ele como fora o dia. Ele responderia simplesmente:

— Tudo bem!

Ela o deixaria jantando sozinho e voltaria para a sala, para sua costura interminável. Depois do jantar ele viria até o meu quarto, abriria a porta. Nesses momentos eu quase não respirava. Ele olhava para mim e para meu irmão e fechava a porta silenciosamente. Meu pai era assim, calado, eu esperava que ele me abraçasse, mas ele ficava quieto. Na mesa do café, lia o jornal em silêncio. Assim que acabava a leitura, dobrava-o e o colocava ao lado da xícara ainda fumegando. Levantava-se, pegava o casaco já surrado e se despedia de minha mãe; antes de sair desarrumava o meu cabelo e do meu irmão, e recomendava:

— Se comportem, meninos!

Eu guardava a sensação da sua mão sobre mim e o que ele podia me dar de carinho no coração. Minha mãe acabava de lavar a louça, arrumava nosso lanche e nos mandava para a escola. Eu e meu irmão menor saíamos para a rua sem muita vontade. Tínhamos que andar quatro quarteirões até chegar lá. Nossa cidade ficava nas montanhas e nessa época do ano o inverno nos envolvia devagar. Caminhando contra o vento, na frente do meu irmão menor para protegê-lo do frio, eu pensava na distância que me afastava do meu pai e que eu não conseguia vencer. Sabia do amor que tinha por mim, mas parecia que este não me alcançava. Enquanto caminhava e crescia, o tempo não me trazia nenhuma resposta. Eu já estava com 18 anos, e aguardava na sala meu pai acabar de ler o jornal.

— Pai, já acabou de ler?

Ele olhou para mim com surpresa, mas sem emoção.

— Já, por quê?

— Porque hoje é um dia importante para mim. Hoje sai o resultado do vestibular e eu quero ver se passei!

Com o mesmo olhar de surpresa, ele me esticou o diário. Abri o jornal no anexo que trazia os resultados. Meu nome estava ali: Paulo Ferreira dos Santos, logo abaixo do nome do curso: Direito.

Meu pai, minha mãe e meu irmão me olhavam, esperando a minha resposta.

— Passei, pai! — eu disse sem querer, quase sem acreditar.

Meu irmão gritou de alegria, minha mãe levou o pano de prato junto aos olhos para esconder as lágrimas. Meu pai se levantou e me abraçou, eu o abracei como se aquilo salvasse minha vida. Quando nos separamos, nos olhamos um nos olhos do outro, e nos reconhecemos. Nos vimos assim meio sem jeito. Ele mexeu no meu cabelo como fazia quando eu era criança e saiu.

Pouco tempo depois fui para a capital, iniciar o meu curso universitário. No início, voltava uma vez por mês para ver os "velhos". Mas consegui um estágio, uma namorada e novos amigos. Pouco tempo depois meu irmão veio se juntar a mim no apartamento que eu dividia com alguns colegas. Minhas visitas ficaram mais esparsas, mas, para mim, nada tinha mudado muito desde que eu partira.

Só da última vez em que estive em casa percebi que meu pai estava mais lento no caminhar, seus cabelos estavam esbranquiçados, mas seu jeito silencioso continuava o mesmo. Me perguntava sobre o curso, sobre o trabalho. Me dizia da importância de fazer tudo corretamente, pois eu carregava o nome dele e da família. Depois, era só o silêncio que eu já conhecia.

Mas um dia, chegando no apartamento, vi um telegrama em cima da mesa. A mensagem de urgente impressa no verso me preocupou. Abri:

Seu pai não está bem, venha!
Mãe.

Cheguei em casa no mesmo dia, junto com meu irmão. Fui direto ao quarto e não identifiquei aquele senhor ali deitado; mas depois seu olhar encontrou o meu e eu reconheci:

— Pai!

Ele tentou falar algo, mas seu olhar mostrava aflição.

— Ele não consegue falar, filho, mas pode te compreender! — explicou minha mãe, com tristeza.

Sentei ao seu lado, segurei sua mão, passei a minha nos seus cabelos e ficamos ali, no silêncio tão conhecido de nós dois. No dia seguinte ele partiu, silenciosamente como era seu jeito. Uma dor que eu então desconhecia me apertou o peito. Um pedaço de mim foi junto com ele.

Hoje, já faz muito tempo que ele partiu. Sentado em minha casa, me levanto e vou ver meu filho. Abro a porta do seu quarto, ele dorme tranquilo. Fecho-a devagar, me lembro de meu pai e sinto saudade.

Tristeza no sertão

Quando o tempo era antigo e as pessoas moravam de forma simples, uma menina vivia com a família nas terras de um senhor, onde seu pai trabalhava como peão e lenhador: corria atrás do gado, tirava leite, consertava as cercas. A esposa cozinhava para a peãozada. Eram mais de quinze, sim, senhor; arrumava a casa grande e vivia com o marido e dois filhos naquele labor.

É. Naquela época eram dois: Rita, a mais velha, e Antônio, o caçula. A fazenda era de gado e ficava às margens do Rio São Francisco, no centro-oeste mineiro. A menina não tinha bonecas, coisa de luxo que só se encontrava na cidade, mas quando fez oito anos, o pai lhe deu para companhia uma linda porquinha.

A menina adorava o bichinho, rosado igual flor do campo. A danada da porquinha era esperta e atrevida; corria e seguia a menina para todo lado. E assim iam as duas, correndo pelo quintal e cuidando só de brincar. À companheirinha a dona deu o nome de Chica, pois era quase uma mocinha.

Assim eram os dias de Rita, sempre bem-acompanhada. Era um tal de "Chica vem cá", "corre aqui", e um tanto mais de brincadeiras e gritaria. A mãe achava engraçado ver tanta alegria, enquanto estendia no varal a roupa da pequerrucha de cabelos loiros.

Mas no mundo nada é perfeito, e, como era época, começou a chover com abundância. O rio amigo se avolumou, escureceu e começou a se esparramar além de suas margens. Na fazenda havia um córrego que corria manso no fundo do quintal, mas que começou a mudar ao receber água da vazante, crescendo na largura e se aprofundando. A mãe de Rita, vendo que a cada dia a chuva descia com mais força, disse à filha com rigor:

— Rita?

— Sim, mãezinha!

— Não quero te ver perto do córrego, ouviu?

— Ouvi, sim, senhora! Não vou, não.

Porém, apesar de a menina ter escutado o aviso da mãe, a porquinha não prestou atenção. E ia que ia brincar no barro nas margens do ribeirão. Rita ficava brava, pois o animalzinho desobedecia a uma ordem dada e ainda sujava o laço que a dona lhe dera de coração:

— Chica! Você sabe que não pode ficar aqui! — dizia a menina olhando para a porquinha rosa, que ouvia e grunhia baixinho e dava dó de olhar. Ela ia fazendo assim, até a menina se abaixar e levar a mocinha de volta para o lugar.

Mas a chuva não deu trégua; começou a trovoar. Descendo devagar pelo rio, uma cobra grande encontrou nas beiras o lugar onde o córrego, sem saber, ia desaguar. A serpente resolveu entrar por ali, procurando, do seu jeito, algo fácil de caçar. Era das grandes! Uma sucuri de respeito, de mais de 12 metros, se fossem medir com jeito. Sem perceber o perigo, a porquinha brincava no barro. Veio a cobra deslizando, coleando lentamente e chegando devagar. Enquanto isso, a porquinha, satisfeita, metia a barriga na lama, sem se preocupar.

Nesse entremeio, Rita notou que estava faltando algo, parecendo mesmo que uma coisa estava fora do lugar. Quando se deu conta do que tinha desaparecido...

— Chica, aquela porqueira de brincar!

Ouviu um guincho de arrepiar. Correu em direção do córrego, assim, desabalada. Chegou à margem. Foi aí que viu o bicho mais feio que já se vira naquele lugar. A cobra, grande e grossa como um pau, mordia a perna de Chica, que gritava sem parar. A menina, num rompante, segurou sua amiga pela ponta que a cobra não conseguia pegar. Começou uma batalha: de um lado, a criança puxando, puxando sem parar. De outro, a sucuri animada com o jantar. A cobra percebia que a menina ia vindo, vindo junto, num só arrastar.

Mas eis que o destino, ou foi o Deus-menino, ninguém sabe explicar, fez surgir naqueles lados a Geralda lavadeira, carregando o tacho com as roupas para lavar. Quando se aproximou do córrego, aí começou a gritar:

— Acode, acode, gente, tem cobra grande neste lugar! Acode, acode, que ela está querendo levar a menina!

Foi gritando e descendo o barranco sem parar:

— Acode, acode, gente, que ela vai nos matar!

Sem saber o que fazer, Geralda jogou o tacho no bicho, para ter um modo de separar a menina e a porquinha da cobra e seu jantar. O tacho voou sem rumo, acertou Rita de raspão e caiu longe da cobra, por azar ou emoção. Rita gritou de dor:

— Ai! — e caiu devagar.

Soltou as pernas da bichinha, que a cobra engoliu num piscar. Geralda puxou a menina, enquanto o povo do lugar, reparando a gritaria, se apressou com corda e pau, ajudando o pai a resgatar.

A cobra, engasgada com o que acabara de jantar, não teve força nem ligeireza para escapar. Os homens a laçaram com a corda que alguém trouxera, pensando que a filha do homem tinha caído em algum lugar. Amarraram a boca do monstro e arrastaram o bicho, tirando o rabo, o corpo e o tronco das águas, bem devagar. A tal era grande e, mesmo engasgada, começou a fazer força para voltar ao rio.

Don'Ana, a mãe da menina, chorando, abraçou a pequena, que olhava para o rio, para a cobra, para o lugar. Na mão dela, pendendo assim, dolente, ficara o laço cor-de-rosa, resto de um doce sonhar. A Rita olhou então para a mãe, com os olhos cheios de água. Nas águas onde Chica brincava, Chica já não estava lá!

A mãe não gritou com a filha; abraçou-a junto ao peito e agradeceu a Deus e à amiga Geralda (que não parava de chorar). Os homens carregaram o bicho para a casa grande da fazenda; alguém trouxe um caixote grande, destes que carregam coisa pesada, sem assustar. Puseram a cobra lá dentro, pregaram na abertura tábuas grossas e fortes, com pregos dos grandes, para ela não ter mais surpresas nem chance de escapar.

Naquela noite, dois barulhos bem distintos surgiram sob o luar. No quarto, uma menina chorava, chorava bem devagar. Os olhos vermelhos e o cansaço esperavam o sono chegar. Do seu lado, zelando por seu sossego, a mãe debulhava um terço, parte da promessa que teria que realizar. No porão, o baque seco de uma cobra revoltosa querendo escapar. Mas o caixote resistente prendia o bicho, descontente com o desfecho no lugar.

Quando o dia amanheceu, um tanto de homens apareceu. Empurraram o caixote para a carreta do trator; levaram o malefício direto para o trem e pagaram o trocador. A cobra foi entregue no instituto da capital e tratada com respeito. Ali permaneceu, manjando um tanto de bicho, como era seu direito.

A menina, com o tempo, se acalmou. Mas nunca se esqueceu do bicho assustador que comera o seu bichinho, criado com tanto amor.

SEM MEDO DE SER FELIZ

O casal já tinha perdido as esperanças quando a mulher engravidou, depois de mais de 10 anos de espera. Pedrinho nasceu cercado de todo cuidado, depois de uma gravidez de risco.

Foi sempre uma criança protegida pelos pais; não aquela proteção natural, mas a que nada permitia, impedia a criança crescer naturalmente: nada de brincar no chão que era sujo, por exemplo, muito menos no quintal, onde tudo poderia acontecer. O menino era preservado de tudo e de todos. Para pais tão zelosos, tudo trazia risco para a integridade do filho, afinal, o mundo é muito "perigoso".

Depois de muita discussão com parentes e amigos, a criança foi matriculada na escola do bairro. Mas depois de tantos anos sem companhia, Pedro se tornara uma criança tímida e sensível, o que favorecia a distância das outras crianças. No colégio, tinha poucos amigos, e apenas Clara, uma menina alegre e vivaz, que coincidentemente era sua vizinha de bairro, conversava e brincava com ele. Sua casa era em frente à do garoto, e por serem seus pais muito amigos e quase tão zelosos quanto os dele, era-lhe permitido frequentar a casa e brincar com o amigo recluso. Com as outras crianças, suas atividades e relacionamentos eram restritos à sala de aula.

O tempo passou, Pedro cresceu; e junto com ele, a preocupação dos pais. Não podia jogar bola, pois poderia se machucar; não podia brincar na chuva, pois poderia adoecer; enfim, sua única atividade era ficar em casa sob a proteção paterna.

A adolescência chegou, e diferente dos outros rapazes e moças do bairro, ele não ia às festas. Sua timidez só aumentava. Pedro era um rapaz bonito, forte e de boa constituição, mas era tratado como a mais a frágil das criaturas. Via o mundo através do vidro da janela de sua casa, que dava para a rua do bairro, escondido atrás da cortina da sala.

Até Clara, sua única amiga, com o tempo se afastou. Percebia, ao sair de casa com um grupo de amigos para se divertir ,o semblante do rapaz no parapeito da janela, mas depois de tanto tentar convidar o tímido amigo para sair com os colegas e se divertir, percebeu que a maior barreira eram seus guardiões paternos:

— Desculpe, Clara, Pedrinho está estudando — dizia sua mãe ao abrir a porta. — Ah! Clara, ele não pode sair, está um pouco resfriado.

A barreira que os pais do rapaz erguiam ao redor dele era quase intransponível. Mas, apesar de tudo, era com pesar que Clara saía para se divertir deixando o amigo solitário para trás.

O tempo seguiu seu curso. Com a morte dos pais, Pedro se viu só no mundo. Vivia de casa para o trabalho e do trabalho para casa, numa rotina restrita. Não tinha amigos e vivia só. Morava na mesma casa, no mesmo bairro. Suas únicas atividades eram a leitura, ouvir música clássica, fazer exercícios com pesos e correr numa esteira que comprara para se exercitar, colocar para fora um pouco da energia contida.

Via Clara quando ia para o trabalho. Cumprimentavam-se em silencio, mas com amizade. Sem que o rapaz percebesse, um outro sentimento surgia, um amor tímido e simples brotava em seu coração. Clara, agora já uma bela mulher, vez ou outra conversava com ele quando coincidia de se encontrarem a caminho de casa. Pedro, ao mesmo tempo em que ansiava por isso, temia tal acontecimento. Esses momentos lhe traziam uma alegria que ele mal podia compreender. Vinham caminhando juntos, conversando um pouco, o que, para ele, era como um raio de sol entrando pela janela num dia frio. Não era comum que isso ocorresse, mas, quando acontecia, o mundo mudava de cor, o azul do céu ficava mais nítido. A amiga aceitava o amigo recluso e tinha por ele uma estima real.

Um dia, Pedro estava em casa, à noite, quando ouviu uma discussão na rua. Era Clara, e junto a ela estava um homem. Ela tinha saído do carro dele e se dirigia para sua casa. Ele a seguiu e a pegou pelo braço. Ela tentou se desvencilhar, e ele a segurou, agora com as duas mãos. Pedro, vendo a cena, sentiu seu sangue ferver. Algo estava errado. Então ouviu:

— Me solte, me deixe entrar!

— Só se você me der o beijo que quero — respondeu, rindo, o homem que a acompanhava.

— Você ficou louco! Me solta! Só te pedi uma carona!

— Pare com isso, eu sei o que você quer — disse o homem, com um tom de raiva na voz.

Pedro viu Clara empurrar seu agressor e este forçar um beijo. Abriu a porta e gritou:

— Clara!

— Pedro, me ajude! — pediu a garota.

Pedro correu em direção a ela e àquele que a molestava. O homem largou a garota e lhe disse:

— Você vai aprender a não se meter onde não é chamado! — e lançou um soco contra o rosto do rapaz.

Pedro sentiu o golpe e caiu no chão. Algo molhado e quente escorria de seu nariz. Instintivamente, levou a mão ao rosto e, vendo a mão ensanguentada, sentiu uma raiva surgir dentro de si. Levantou-se, agarrou o braço do agressor e lhe desferiu um murro com uma força que desconhecia. Sem esperar qualquer reação do adversário, o homem foi atirado longe. Protegendo a amiga com o próprio corpo, Pedro encarou com o olhar o covarde agressor. Este, vendo a resolução do rapaz, levantou-se ameaçando:

— Isso não vai ficar assim! — entrou dentro do carro e partiu.

— Oh, Pedro! — foi o que Clara conseguiu dizer. Retirou da bolsa um pequeno lenço e limpou o rosto do amigo.

— Você está bem, Clara? — ele conseguiu dizer, sentindo a mão delicada dela em seu rosto.

— Sim, graças a você! — ela disse, olhando em seus olhos com gratidão.

— Eu conheci o Paulo no trabalho, e quando ele se ofereceu para me trazer em casa depois da festa de fim de ano, não tive maldade para perceber as intenções dele.

— Não se preocupe. A coragem dele é do tamanho do caráter, ele não vai mais molestá-la.

— Mas como você viu que ele estava me machucando?

— Eu não durmo enquanto você não chega! — respondeu o rapaz, com o coração.

Ela olhou para o amigo como se o visse pela primeira vez. Aproximou-se de seu rosto e o beijou delicadamente na face.

— Obrigada, Pedro! — sorriu e entrou em casa, lentamente.

Ele a seguiu com o olhar. Levou a mão até o rosto, onde o beijo ainda queimava. Se viu diferente, e, pela primeira vez em sua vida, não teve medo de nada.

Pedi e obtereis

Toda cidade do interior de Minas tem uma igreja, e toda igreja tem um padre, responsável por atender os fiéis e tentar salvar as ovelhas desgarradas. Padre Antônio era um desses pastores, um exemplar já idoso, mas determinado. Na região da cidade de Santana do Oeste era respeitado e querido. Todo domingo subia ao púlpito e, do alto, contemplava os habitantes da cidade.

Após a leitura da mensagem do Evangelho, esclarecia a assembleia sobre a importância da caridade e do socorro aos necessitados. Para tanto, insistia, a contribuição do dízimo era fundamental. E apesar de suas súplicas, a contribuição dos paroquianos vinha escassa. Respondiam que não faltava vontade; é que o período das secas prolongadas resultara em baixa produção das lavouras. Assim, o que se colhia era pouco e o lucro da venda dos produtos, menor ainda.

Padre Antônio não se dava por vencido: procurava individualmente todos os paroquianos e os conclamava a ajudarem os desfavorecidos: se alguns tinham pouco para ofertar, pior era a situação dos que nada tinham. Todos apresentavam as próprias dificuldades; falavam da seca, da vontade de contribuir e da impossibilidade de fazê-lo. A despeito dos esforços do sacerdote, sua jornada era, em geral, infrutífera.

Nosso vigário, sentindo-se angustiado pela situação dos desvalidos, pregava cada vez com mais veemência. Mas, malgrado a verve, por vezes exaltada, sua própria colheita continuava pequena. Desesperado pela iminência da chegada do dia da padroeira do município, se pôs de joelhos uma noite, em seu quarto. É que toda a renda das quermesses era revertida para as família carentes: o povo ajudava e de quebra se divertia. Pediu, com clareza e fé, o auxílio de Deus, dos anjos, dos apóstolos e dos santos. Que o acudissem com a vinda das chuvas para que o auxílio chegasse aos mais necessitados!

Naquela noite, por misericórdia divina, a chuva veio e se manteve por mais de quinze dias. Nesse período, sabendo que a desculpa da falta de água não poderia mais impedi-lo de conseguir ajuda para os pobres, o padre dirigiu-se à Fazenda do Riacho, cujo proprietário era o homem mais rico da região. Na véspera do dia santo, embora ouvisse até o fim os apelos do religioso, o fazendeiro se declarou impedido de ajudar, pois as águas tinham vindo, era verdade, mas com tanto atraso que provavelmente ele teria suas plantações prejudicadas. Ignorando todas as súplicas do pároco, o velho coronel se esquivou de atender a demanda. Padre Antônio, se sentindo envelhecido e cansado, voltou triste à casa paroquial.

Naquela noite, porém, os raios cortaram o horizonte daquele vilarejo. Choveu como não chovia há muitos anos. Dois dias depois, era de novo domingo. Nosso padre se dirigiu mais uma vez a seus paroquianos, num discurso inflamado:

— Meus caros amigos! Gostaria de interceder mais uma vez, junto a vocês, em favor dos nossos irmãos mais necessitados. Poucos dias atrás procurei o Coronel Jesuíno, o maior fazendeiro de nossa região, para que ajudasse na realização de nossa festa da Padroeira. Pedi socorro a esse irmão para montarmos nossas barraquinhas e, quem sabe, oferecermos uma prenda a quem precisa. Disse-me ele que não poderia nos valer em face das dificuldades da falta de chuva em nossa região. Pois então, meus amigos, não é que choveu? Choveu forte anteontem. Choveu com raios e trovoadas. E o pior... — e aqui parou, numa longa pausa — Um desses — prosseguiu, enfático — caiu na fazenda do coronel e, ao atingir o chão, matou doze das vacas mais premiadas que ele possuía. Que isso nos sirva de reflexão! De que valem os bens da terra se não os usamos bem? Assim, meus caros, volto a vocês no intuito de lhes rogar que nos auxiliem na festa e nas prendas ofertadas em nossas barraquinhas. Aquele que puder, dê um boi! Se não for possível, seja uma vaca! Aceitaremos ainda um bezerro ou um peru. Um galo será igualmente bem-vindo, uma galinha, um frango, até mesmo um mísero ovo aceitaremos de bom grado. Só não deixem de ceder algo aos irmãos que nada possuem. Não façam como o nosso amigo fazendeiro, pois os sinais estão nos céus e nos avisam da importância de abrirmos nosso coração...

Naquele ano, a festa da padroeira foi a mais bonita de todos os tempos. Ninguém ficou mais pobre. Ninguém ficou mais rico. Todo mundo participou. Não choveu no dia da festa.

O PROTETOR

O menino entrou na caverna com algo nos braços. Encurvado, protegia seu tesouro; não queria que os adultos que se reuniam em volta da fogueira o vissem. Ele sabia que, se percebessem o seu segredo, este seria destruído.

Encaminhou-se para o fundo do abrigo, junto a um ressalto de pedra onde guardava o que lhe pertencia e tudo aquilo que queria manter oculto. Delicadamente, colocou sua preciosa carga no chão. Vendo-se solto, o pequeno animal ganiu, algo amedrontado. Uma bola prateada de pelo se movimentou cambaleante. Era um filhote de lobo.

O garoto, maravilhado e temeroso, reparou nas pernas finas e longas do bichinho. Seus olhos cor de âmbar olhavam com desconfiança, mas sem temor, para seu captor. O menino estendeu a mão para acariciar a pelagem de seu prisioneiro e levou uma leve mordida no dedo — um pequeno furo, um ponto de sangue.

Divertido com o incidente, limpou o corte na calça de pele de mamute, que o protegia do gelo e do frio. Colocou a mão novamente no seu algoz e o prendeu no chão. O amigo rebelde gostou da brincadeira e começou a tentar mordê-lo novamente. Aqueles dentes, apesar de ainda pequenos, se revelavam ávidos para mostrar seu valor. O garoto, entretido nesses jogos infantis, não percebeu sua mãe se aproximar para chamá-lo para a refeição.

— Judar! O que é isso?! — exclamou a mulher, entre o espanto e a indignação.

— Mãe! — o jovem caçador reconhecia aquela a quem amava.

— Você enlouqueceu! — exaltou-se a mãe.

— Mãe, deixa eu explicar!

— Não tem explicação! Jogue este animal fora daqui!

Homens e lobos eram inimigos naturais. Os últimos, animais fortes e que caçavam em bando, eram respeitados como hábeis predadores pelos que habitavam aquela planície. Como disputavam o mesmo território de caça, não eram bem acolhidos pelos humanos.

— Mãe, eu encontrei ele sozinho... A mãe foi morta por outro animal! Eu o vi ao lado do corpo dela. Estava sozinho e com frio.

A mulher olhou para o filho com admiração. Ela sabia que ele tinha um senso de proteção inato, um dom importante, que devia ser reforçado. Por ser o filho do chefe do clã, o destino do destemido protetor dos fracos e indefesos era liderar. Esta característica, de amparar e responder pelos mais fracos, era fundamental para a sobrevivência futura daquele grupo.

— Vamos falar com seu pai. Ele decide!

Judar se levantou temeroso e caminhou em direção à fogueira, ao redor da qual os homens se encontravam reunidos.

— Thuram! Seu filho deseja lhe falar!

O garoto avançou para o centro da roda formada pelos guerreiros e disse:

— Pai, peço para criar este lobo — disse, estendendo o filhote à sua frente.

O homem olhou com interesse o garoto e o animal que ele tinha nas mãos. O jovem lobo, parecendo saber que sua vida estava em jogo, tremia, ciente do perigo que corria. Thuram examinou o bicho, mas se ateve principalmente à atitude do filho. Mesmo com medo de uma recusa ou castigo, o rapazinho reivindicava a manutenção de uma outra vida.

— Judar! Este filhote parece ser dotado de grande magia e proteção, mas precisará de alguém que cuide dele e de sua alimentação. Você assume esta responsabilidade perante este conselho?

O garoto se viu maior diante da questão. Os outros guerreiros olharam para ele, se fazendo de sérios em vista do desafio que o garoto enfrentava.

— Pai, eu vou cuidar do Ronin!

— Ronin?

— É este o nome dele — retrucou, olhando diretamente para

o homem a quem tanto admirava. Este sorriu e lhe devolveu o animal trêmulo.

— Está bem. Ronin agora é sua responsabilidade.

O lobo, sentindo que o perigo se afastava, se aninhou nos braços de seu protetor com satisfação.

BEAUTIFUL DAY

Ele entrou no carro. Com o ruído do motor funcionando, arrancou em velocidade. Ligou o rádio, e a música invadiu o espaço: era o rock do U2 *"Beautiful Day"*.

Sorriu com a ironia. Enquanto ouvia, acelerava o carro. Só depois de um tempo é que reparou que ia na direção errada. Ou era a certa? A paisagem passava em velocidade e sua angústia aumentava. Pisou mais forte no acelerador. Agora já estava na saída da cidade. Apertou com força o volante; não conseguia pensar direito, só queria se afastar de tudo e de todos. Do trabalho, da família, do passado. Sempre ouvira histórias de pessoas que desapareciam um dia, saíam para comprar cigarro e não voltavam. Agora, apesar de não fumar, era sua vez; a vontade de sumir, desaparecer, finalmente tinha tomado vida.

Porém, a música, mais alta agora, o trouxe de volta à realidade. Fugir para onde? Viu-se, assim, meio apertado pela falta de respostas. Até ali tudo estava claro: a raiva, a briga com o chefe (que o mandou de volta para o lugar onde tinha nascido), a sensação de alívio. Agora, enquanto fugia da cidade e de sua história, a realidade começava a incomodar: não podia nem vender o carro, que estava alienado; não sabia para onde estava indo; e só tinha meio tanque de gasolina e 50 pratas no bolso.

Diminuiu a velocidade do veículo. A música tinha acabado e seu entusiasmo também. Quando viu a placa de retorno, seguiu por ela. Agora a realidade começava a bater de frente: de certo, só a perda do emprego. Ainda confuso, começou, sem vontade, a reparar na paisagem. Como chegara até ali?

A pergunta começou a estimular sua mente. Se lembrou da juventude, da faculdade, do primeiro emprego. Lembrou ainda o namoro, a paixão e o desespero para ficar junto. O casamento aconteceu na urgência de uma segurança que ele não tinha. Quando vieram os filhos, o desejo começou a fugir. O divórcio foi difícil, mágoas e recordações vieram com força cobrar seu preço. A venda do apartamento e a divisão do pouco que tinham trouxeram a certeza de que o melhor havia ficado para trás. O resto era história, era a vida monótona, o trabalho em dois turnos para pagar a pensão, a visita dos filhos nos finais de semana, a sensação de que a vida se arrastava — uma tristeza que surgia sem pedir licença...

Nisso, a placa de saudação anunciando a chegada da cidade surgiu diante de seus olhos. Desacelerou o carro. Toda a fúria e revolta pareciam sem sentido. Lentamente, sem perceber, se dirigiu para o antigo bairro, onde passara a infância e a juventude. As ruas, velhas conhecidas, lhe trouxeram algum conforto. Passou em frente à velha casa, se recordou da mãe, dos irmãos. Do pai, só a lembrança de vê-lo sentado na poltrona da sala, olhando a TV sem enxergar. Viu o velho terreno ao lado de onde morava, palco de um sem-número de brincadeiras. Sorriu, algo tímido, lembrando os vidros quebrados na vizinhança pelas bolas de futebol.

Devagar, encostou o veículo no meio-fio, em frente à velha padaria do bairro. Desceu e se dirigiu ao balcão, e só então notou que até aquela hora não tinha comido nada.

— Por favor! Um café e um pão na chapa!

Enquanto esperava, se viu de repente mais tranquilo, como se estivesse de volta ao passado, sem aflição.

— Aqui, moço! — disse a menina, de trás do balcão.

Agradeceu. Mordeu sem pressa o primeiro pedaço, sentindo o prazer que advém das coisas simples da vida. O café quente trouxe um calor amigo, que ele procurou conservar. Ali se deixou ficar.

Olhou para fora e, pela primeira vez naquela manhã, percebeu que era um lindo dia de primavera. Se sentiu melhor consigo e com a vida. Levantou-se sem pressa, mas dessa vez sorriu com calma e caminhou em direção à rua.

Entre o céu e o inferno

Era uma menina extremamente católica, criada nos bons costumes e nas normas que a Santa Madre Igreja estabelecia. Desde pequena, Maria do Rosário — eis como se chamava nossa personagem — fora ensinada a rezar segundo as regras da tradicional família mineira.

A menina crescia pura e casta. Aos domingos ia à missa, rezava ao deitar-se e ao se levantar, e professava sua fé. Preparou-se, com dedicação, para a primeira comunhão: se sentia próxima dos santos e da retidão.

O tempo passou e nossa menina cresceu. No viço da juventude, aos 17 anos, pensava seriamente em se dedicar à vida religiosa, para deleite da mãe, Dona Geralda. Mas o destino segue seu próprio caminho, e Maria do Rosário se viu só e sem saída. Em um domingo, no mês de maio, ao chegar à Igreja para a missa um pouco mais cedo, como era seu costume, voltou o olhar para os primeiros bancos, ao pé do altar. Repentinamente, apoiou a mão no encosto à frente e se assustou. Sua mão, branca e frágil em contraste com a madeira na qual se apoiava, se viu apertando com tal vigor o banco que se tornou rubra. Em frente a ela, junto ao Padre Lucas, se encontrava um rapaz. O coração dela bateu num ritmo acelerado, uma tontura a atingiu, obrigando-a a se sentar. O moço a viu. Seus olhos se encontraram e ele correu para apoiá-la:

— Você está bem? — disse o jovem, algo apreensivo.

Ela olhava para o rosto dele. Os olhos castanhos escuros que a miravam com preocupação lhe tiraram a voz. Da mesma cor, a barba que emoldurava a face do rapaz parecia a de um santo. Ela pensou se tratar de um sonho, desses dos quais não se quer acordar.

— Estou bem! — conseguiu dizer a menina.

— Maria! O que houve? — foi o que perguntou, em seguida, o pároco, se aproximando do casal, que permanecia de mãos dadas.

— Foi uma tontura! — afirmou a garota, se ajeitando no banco e soltando as mãos do rapaz, com claro constrangimento. Ainda tentou explicar, sem muita convicção: — Acho que foi o calor, seu padre!

— Ainda bem, querida. Fique sossegada e se recupere — pediu o vigário. — Maria, este é o Pedro, o seminarista que veio me ajudar na diocese. Ele ficará do seu lado até você se recuperar!

O rapaz se apresentou a ela formalmente e se sentou junto dela. Começaram a conversar em voz baixa, enquanto esperavam o início da missa. Ela sentia ao mesmo tempo medo e felicidade. Ele sorria, e se mostrava atencioso e tranquilo. Daquele dia em diante, Maria ia à Igreja todos os dias.

Sua mãe, acreditando que sua vocação religiosa desabrochara, a incentivava na tarefa de auxiliar o Padre Lucas nas obras sociais em que ele atuava na região. Mas Maria não agia pela religião. Um sentimento que nunca experimentara a movia: amor, era o que sentia. Puro e casto, mas diferente: Pedro era a razão de sua dedicação maior aos assuntos da Igreja, tudo era motivo para estar ao lado dele.

Da parte do rapaz, a presença da menina era esperada e também temida. Seu coração se dividia entre um sentimento que também desconhecia e os votos que jurara manter. Mas, quando Maria chegava, ele não conseguia esconder a alegria de vê-la. Estavam sempre juntos: na quermesse, ao fazer a sopa comunitária, ajeitando o altar para antes das preces. Aquilo que parecia uma amizade fraterna começou a preocupar o padre. Ele sabia das dificuldades de se manter afastado do mundo e das tentações para um jovem de 20 anos.

Passado um ano, percebeu o que ocorria. Pediu que Pedro se afastasse das obrigações da Igreja e retornasse ao mosteiro para ali exercer atividades internas. Maria foi avisada pelo pároco de que seria melhor não conversar mais com o seminarista.

A moça ouviu, com resignação aparente, os conselhos que recebia; mas na verdade seus sentimentos corriam em outra direção. Foi para casa triste, mas determinada. Naquela noite, chamou uma amiga querida, abriu seu coração e pediu-lhe que a ajudasse numa missão. As duas se dirigiram ao mosteiro, que era, na verdade, uma casa próxima à igreja onde os jovens seminaristas moravam e estudavam. A noite estava linda e a lua brilhava, como a coragem da garota apaixonada. Nas mãos trazia um spray de tinta, e enquanto a amiga vigiava, escreveu no chão, em frente à casa: PEDRO, TE AMO!

Ao ouvirem um barulho de carro, as duas amigas se afastaram correndo. No dia seguinte, esse era o assunto de todos. Alguém escrevera na rua, em frente ao seminário, um segredo proibido. Pedro foi transferido para outra cidade. E a moça, que amava um amor impossível, ficou com o coração despedaçado.

Os anos se passaram. Maria, já com 21 anos, estava mais linda ainda. Era ainda temente a Deus, mas ressentida com a instituição que a afastara de sua paixão. Neste domingo, porém, iria à Igreja que já não seguia. Soubera pela amiga fiel que aquele a quem ainda amava rezaria a missa: Padre Pedro, agora ordenado, faria a celebração. A mãe a proibira de ir, o antigo vigário também. Mas ela estava determinada. Entrou na igreja. Um homem se encontrava junto ao altar; ela o viu e reconheceu:

— Pedro! — chamou.

O jovem se virou.

— Maria! — respondeu o rapaz, já se encaminhando para ela. Os dois se abraçaram como amigos, e como dois corações que não puderam se encontrar. Ele conversou com ela com ternura e respeito, e pediu que ela ficasse. Ela assistiu à missa. No final, apesar de uma conversa brusca com o antigo vigário, o jovem celebrante se aproximou de novo da moça e lhe disse:

— Maria, volte sempre que quiser. O amor verdadeiro é puro e sincero. Tomei minha decisão de ser sacerdote, mas isso não me impede de te respeitar e te querer bem!

Ela sorriu e lhe apertou as mãos. Sentiu que se reencontrava com o passado, mas que este a levava em outra direção. Relembrou o que vivenciara e viu que era verdadeiro, e que por sê-lo era livre e soberano. O verdadeiro amor não prende nem escraviza, mas liberta. Deu ao padre um beijo no rosto, se virou e partiu.

Saiu da Igreja sem olhar para trás. As lágrimas caíam de seus olhos, queimavam-lhe as faces. Por um instante se encontrara no céu, e agora, ao se ver do outro lado desse mistério, sentiu a tristeza daqueles que não puderam lá permanecer.

O tempo passou e chegou um dia em que, sem perceber, se viu pensando no que lhe ocorrera. Estava sentada descalça no gramado de sua casa, junto a uma árvore amiga. Olhou para o céu, sentiu os raios do sol tocarem seu rosto delicadamente. As memórias e as lágrimas do passado vieram, silenciosamente. Mas, dessa vez, não lhe trouxeram de volta as sombras e o sofrimento que haviam sido suas companhias constantes. Percebeu a chegada do tempo, e ele a colocava diante de toda uma vida: a sua.

Enxugou os olhos, levantou-se e caminhou em direção a ela, sem mágoas ou rancor.

Sem medo de sofrer

Sua alcunha era Trovão, pelo tom grave e reverberante de sua voz.

Era um homem bom, de idade aparente indefinida, mas que há muito passara dos sessenta. Tinha um pequeno rancho na beira de um rio, uma casinha simples: quarto, banheiro e um puxado que abrigava um velho fogão a lenha. Vivia de uma pensão do governo por ter sido, durante muitos anos, auxiliar da coletoria fiscal. Aposentou-se por causa dos males da bebida, única companheira fiel após a morte da esposa.

Dizem que a moça morreu de desgosto, por não ter tido o filho que tanto queria e também pelo vício do marido. Quanto a este, vendo o sofrimento da mulher e se sentindo culpado por ter parte nele, se refugiava no bar, tentando fugir daquela dor. Nesse círculo viciante, via a amada mais doente a cada dia, até que ela partiu numa noite fria de outono.

Nesse dia ele saiu para a rua, desorientado pela dor e pela bebida. Sem perceber, esbarrou num policial que fazia sua ronda e o desacatou violentamente. O soldado Juliano e o cabo Francisco, pegos de surpresa pelo ataque de fúria do bêbado enlouquecido, tentaram contê-lo, num primeiro instante, com palavras e advertências. Mas quando um tremendo tapa no pé do ouvido estalou no rosto da autoridade militar da região, eles não tiveram dúvida: desceram o cacete no agressor, sem dó nem piedade.

Após o ocorrido, levaram o nosso amigo para a cadeia, e ali ele permaneceu até o dia amanhecer. Ao acordar, Trovão se viu só; como companheira de infortúnio, apenas a tristeza. Vendo o homem refeito da sua atitude desmedida, o cabo resolveu libertá-lo, não sem antes adverti-lo de que se contivesse, a fim de não sofrer novamente os rigores da lei.

Assim foi feito. Trovão voltou para seu rancho e para a sua solidão. Mas, uma vez por mês, retornava à cidade, bebia e discutia com a guarnição. Dali para uma briga faltava um quase nada; depois da altercação, vinha a prisão e o arrependimento. Certa vez, cansado de vê-lo sofrer, um velho amigo do trabalho se dispôs a visitá-lo. Aproximou-se da casa com cuidado, bateu palmas e chamou:

— Trovão! Ô Trovão!

— Quem é que está aí? — respondeu a voz já conhecida, que retumbou nas paredes.

— Sou eu, Trovão! Alcides, seu antigo colega!

— Ô Alcides! Entra para cá, rapaz! Estou aqui atrás, trançando uma rede.

Alcides entrou; atravessou o quarto até se ver nos fundos da casa. Ao lado do fogão, sentado num banco de madeira, se encontrava o pescador. Seu rosto guardava ainda as marcas da última briga com a polícia.

— Ô Trovão! Você está todo machucado!

— Estou, rapaz! Aqueles cachorros do governo têm a mão pesada!

— Mas, homem de Deus, por que tanta briga e desavença?

— Ah, Alcides! Primeiro, é a tal desta desgraça — disse, apontando para a garrafa de pinga pela metade, ao alcance da mão. — Segundo, é culpa daqueles cabras. Não podem me ver, que vêm me aporrinhar! — prosseguiu, olhando o amigo com certa tristeza, mas com um sorriso maroto. — Mas eu dou trabalho para eles! — advertiu ao visitante.

— Que trabalho, Trovão!? Me disseram que da última vez te deram uma coça para valer, e para terminar passaram uma corda no seu pescoço e foram te puxando até a cadeia...

— É verdade, camarada! Eles me fizeram essa maldade! Mas cada vez que me puxavam, eu dava um estição para trás! — bravateou, rindo da própria façanha. — E tem mais! Eles eram uns quatro, e me bateram para valer. Eu já estava prejudicado pela malvada e não pude reagir muito, isso é que foi a salvação deles. Além do mais, eles têm uma sorte danada! Eu estou com um furúnculo enorme, aqui nas costas, e se aqueles cachorros me encostam a mão nele eu ia brigar demais!

Os dois amigos se entreolharam, e riram sem parar. Riram da valentia singela e simples de um homem que não tinha medo de seu sofrimento. Alcides passou a visitar o amigo regularmente, e por causa disso (ou por coincidência?), Trovão diminuiu o consumo de bebida e parou de brigar com a polícia.

O antigo companheiro convidou o velho para ficar com ele e a família por uns dias e parece que a atitude reforçou a cura. Trovão se aprumou, fez a barba e, com o tempo e a convivência com outras pessoas que lhe queriam bem, redescobriu o carinho e o afeto.

Em um dado momento parou de vez com a bebida; ainda tinha a voz que lhe dera o apelido, mas da dor e amargura que carregava no peito só ficou a lembrança, que os anos devagar e silenciosamente devolveram para as águas do rio de onde o velho pescador tirava seu sustento.

AS ÁGUAS QUE CAEM DO CÉU

Olho pela janela do meu quarto. Uma chuva, dessas que na roça chamam de "criadeira", cai sobre a cidade grande.

Moro aqui; logo, sofri com a seca e a poluição, que se agarraram nas janelas e no coração. A poeira se instalou em todo lugar, grudou-se aos vidros, às pétalas das flores, ao asfalto quente, à boca, aos lábios e onde mais pôde tocar. Foi um período estéril, árido. Na atitude das pessoas se refletia a falta de umidade; frescor e leveza nas palavras e nos atos, nem pensar! Todos estavam dispostos a debater, ânimos exaltados no calor da discussão.

Ao mesmo tempo, notícias de amigos em dificuldades chegaram até mim. Longe, sem poder ajudar, não importando a distância, eu não quis recuar. Tentei lançar a palavra amiga, mas o sofrimento é inimigo tinhoso, que nos afasta de quem queremos nos aproximar. Deixou minha voz perdida, no vento da desilusão.

A vida, porém, pede disposição e coragem para seguir em frente, exige a iniciativa de procurar o que está distante. Só nas palavras encontrei um auxílio; coisa pequena, do tamanho das que consigo escrever. Olhando a chuva que cai do céu, me lembro de que tudo passa.

Há bem pouco tempo, eu corria na fazenda no meio do lamaçal, tudo era sorriso e brincadeira. O castigo era certo, pois mãe que é mãe não deixa estripulia de menino sem castigo. A dor de garganta e a gripe corriam atrás — a infância inteira brinquei de esconde-esconde com essas duas inimigas da saúde, frágil, mas a vontade, a mil, não podia ver a enxurrada se formar que corria para a rua para brincar.

Pisar no córrego miúdo na beira da calçada, fazer dique com o pé: alegria e satisfação. De noite, a febre chegava devagarzinho, a mãe ralhava, prometia castigo em dobro se a travessura voltasse a se instalar. Mas não tinha jeito, era só a chuva começar para ajuntar os amigos de folia e recomeçar. Ver a terra amolecendo, parecendo doce de leite, as pegadas marcando o chão, seguindo a gente, como ferro quente, era bom de verdade.

Olhava para cima, deixava a água bater no rosto, abria a boca e sentia o gosto do céu. A chuva trazia para a gente o sabor das nuvens que não conseguíamos alcançar. Tudo derretia devagar. Molhados da cabeça aos pés, nos sentíamos mais felizes do que pintos no lixo.

Talvez infância seja isso, um deixar brincar, um sorriso solto, travessuras no ar. Talvez a chuva que cai agora consiga levar pra longe a dor de um amigo, a mágoa reticente, a ausência de quem partiu. Com ela talvez venha a paz que tanto nos falta, a palavra que acalma o coração, a mão que dá um carinho, amor, perdão.

Uma verdade é certa: as águas às vezes caem dos olhos, às vezes correm para o mar, mas há dias em que elas caem assim, assim, bem devagar.

O MENINO E O PASSARINHO

A cidade era pequena, mas singela e acolhedora. Nela, havia uma praça; na praça, uma igreja. O responsável pela paróquia era um clérigo simples, mas de imenso coração.

Se pudéssemos dizer que tinha algum defeito, era a paixão por passarinhos. Porém, como sabemos, este mal não está listado entre as coisas que não se deve fazer.

Padre Geraldo atendia a todos com carinho e atenção, rezava missas, fazia batizados, encomendava a Deus aqueles que tinham partido, mas que alcançaram a paz eterna. Quando, entretanto, se encerrava a celebração das 7 horas da manhã, e até a hora das aulas de catecismo às 9 horas do mesmo dia, ele se entregava àquela atividade que era sua paixão: os pássaros, seus cantos e gorjeios.

Possuía-os de várias espécies; todavia, os prediletos eram os curiós, aves de pequeno porte e plumagem escura, cujo canto límpido de delicada melodia adquiria uma dimensão única para aqueles que, como o religioso, se sentiam nas nuvens e — por que não dizer? — mais perto de Deus quando ouviam o belo trino do bichinho se espalhar pelo quintal.

Dentre esses curiós, também apelidados "avinhados" ou "bicudos", nosso querido pároco tinha uma predileção especial por um exemplar. Ao Moreno (era esse o nome), dotado de um canto singular, distinto de todos os outros, o padre dedicava sua maior atenção: um pedaço de jiló partido ao meio de vez em quando para atiçar o trinado, a bacia de água mais espaçosa para que o pequeno grande cantor se aliviasse do calor. A gaiola era colocada junto ao pé de jabuticaba, para que a sombra dos galhos se projetasse sobre o artista. Enfim, era o xodó do sacerdote.

Assim seguia a vida: padre Geraldo atendia a seus paroquianos, rezava suas missas e cuidava dos passarinhos. Até o dia em que, nos seus afazeres diários, tratando de seus amigos emplumados no quintal, escutou um chamado:

— Ô de casa!

— Pode entrar, estou aqui no fundo!

Um menino de nove anos, de cabelo castanho, algo franzino e magro, não se fez de rogado e entrou cumprimentando:

— Bom-dia, seu padre. Sou eu, o Zezinho!

— Pois não, meu filho.

— Estou fazendo a catequese com o senhor!

— Eu sei, me lembro de você.

— Então, seu padre, vim até aqui pedir para o senhor uma coisa.

— Pode falar, meu filho, se eu puder ajudar...

— Bom, seu padre, gosto muito de passarinho, e como o senhor tem muitos queria ver se o senhor me dava um.

O padre olhou para o garoto, que, com os olhos brilhantes, aguardava sua resposta.

— Meu filho, não costumo dar passarinhos, pois cuido deles desde pequenos, mas, como você é um bom menino, abrirei uma exceção.

— Muito obrigado, seu padre, vou levar agora mesmo! — disse isso e partiu em direção à jabuticabeira.

— Ei! Espera um momento, garoto, esse não! O Moreno não pode ser!

— Mas, seu padre, é esse que eu quero. Ele é o que tem o canto mais bonito.

— Sinto muito, meu filho, mas esse não pode ser.

O menino, cabisbaixo, saiu do quintal desapontado. Padre Geraldo sentiu o golpe. Homem de bom coração, não podia ver sofrimento de ninguém, quanto mais de criança. Mas do Moreno, não podia abrir mão.

Todos os dias que se seguiram, na mesma hora da manhã, Zezinho passava na casa do padre e pedia o passarinho. O santo homem resistiu por mais de um mês, mas, exausto com a insistência do garoto, acabou cedendo, com um aperto no coração.

Os anos se passaram, mais de vinte, para ser exato. Numa manhã de domingo, no confessionário, o nosso religioso ouvia a confissão de uma moça donzela da cidade.

— Bom-dia, seu padre!

— Bom-dia, minha filha!

— Na verdade, seu padre, não é um pecado que quero confessar, mas a intenção de cometê-lo.

— Minha filha, resista à tentação e afaste esses pensamentos.

— Sabe, seu padre, eu estou noiva e vou me casar daqui a um mês, aqui mesmo na igreja. Mas meu noivo insiste em fazer as coisas antes do casório.

— Minha filha, nem pensar. Mantenha-se casta e pura até a noite de núpcias!

— Seu padre, eu amo meu noivo, e ele a mim, mas ele é muito insistente. Todos os dias ele me pede a prova do meu amor. Já estou cansada de resistir aos apelos dele.

— Não, minha filha, não ceda!

— Padre, o José de Arimateia não desiste.

— Espera aí, minha filha! Seu noivo é o Dr. Zezinho, o advogado que cria passarinho?

— É esse mesmo, seu padre, o senhor o conhece?

— E como!... Neste caso, me parece que o amor de vocês é verdadeiro e irresistível. Siga seu caminho, com minha bênção, pois nem Jó aguenta a insistência desse menino!

AMOR INCONDICIONAL

Confesso que há dias em que desanimo com este mundo: é prefeito roubando e desviando ajuda destinada a desabrigados, pessoas importando lençóis descartados de hospitais americanos e vendendo-os à população como pano para confecção de roupas, gente agredindo velhos e crianças que estão sob sua guarda, um cão sendo arrastado pelo carro do próprio dono porque este já não o queria mais no seu convívio, guerras e atrocidades pelo mundo, algumas em nome de um Deus que protege e ama só aqueles que professam sua fé. Parece que a filósofa judia Hannah Arendt, ao cunhar a expressão "a banalidade do mal", estava falando de nosso tempo, e não dos crimes cometidos pelos nazistas.

Nessa hora, dá vontade de pedir: "Para o mundo! Eu quero descer!" Mas aí acontece algo que me enche de esperança, e foi o que ocorreu alguns dias atrás. Eu estava participando de entrevistas para recrutamento de técnicos de enfermagem, cuja presença nos hospitais muitas vezes não notamos, a não ser quando nos encontramos em uma dessas instituições de saúde, internados ou amparando um ente querido que passa por essa provação. Nesses momentos, não é raro encontrarmos um desses profissionais, que chega para ministrar uma medicação ou medir a pressão arterial do paciente.

Isso já aconteceu comigo, quando acompanhava uma pessoa querida: uma técnica de enfermagem chegou com delicadeza, se aproximou daquele que sofria e, tocando-lhe o braço, perguntou como ele estava se sentindo. Depois, com um sorriso, disse que ele iria melhorar. É verdade; também encontrei pessoas que trabalhavam nessa função e não correspondiam a esse modelo. Mas não é a regra. Naiara, a psicóloga que fazia as entrevistas que eu acompanhava, me garantiu que o perfil dessas pessoas era diferente; elas eram boas na essência.

Iniciamos as entrevistas. Entrou um rapaz, João. Ele nos contemplou, com segurança e tranquilidade. Sentou-se na cadeira à nossa frente. Naiara lhe perguntou sobre sua experiência profissional. Podia nos falar um pouco de si mesmo? Ele nos contou que trabalha há cinco anos no CTI. No início, recém-formado e trabalhando em uma área hospitalar de menor urgência, ficava um pouco inseguro, mas hoje afirma sentir-se confortável com seu conhecimento e prática. Contou também que começou a estudar enfermagem para cuidar da avó que o criara. Apesar de ter outras irmãs, ele, o único neto, é que tinha paciência e carinho para cuidar dela. O que era difícil para vários, ele fazia sem constrangimento. Assim se formou. Quando começou a trabalhar num hospital, percebeu que era isso que queria fazer da vida. Abandonou a antiga profissão, na qual ganhava mais, mas que não dava a satisfação que esta lhe proporcionava. Declarou que estar no CTI e poder ajudar aqueles que sofrem não lhe trazia fadiga ou incômodo. Relatou ainda que, apesar da tensão e da responsabilidade de cuidar da vida de uma pessoa, se sentia gratificado em poder ajudar alguém. Olhei para ele e vi nos seus olhos que era verdade o que dizia.

Entrou uma menina: Regina era seu nome. Apesar de no currículo constar que tinha 23 anos, aparentava bem menos. Seu sonho de menina era ir para a África ajudar as crianças e pessoas necessitadas. Entrou no curso de Técnico de Enfermagem com esse objetivo, que, infelizmente, não conseguira até hoje realizar. Naiara lhe diz que a área para a qual estamos contratando é a que cuida de pessoas que estão há longo tempo acamadas; em razão disso, esses pacientes apresentam muitas complicações. São idosos, na maioria, e apresentam feridas de difícil cicatrização. Ela responde que não tem o menor problema para lidar com ferimentos, pois já possui experiência nesse tratamento. Diz ainda que não se intimida diante de uma grande ferida aberta, e, após tratá-la, é com alegria e satisfação que a vê se fechar. Pergunto-lhe qual a maior dificuldade que ela enfrenta ou já enfrentou no exercício da profissão. Ouço, em resposta, que não é dificuldade, mas tristeza o que ela sente quando percebe que, apesar de todos os esforços, um paciente do qual cuidava vem a falecer. Ao ver o sofrimento dos que ficaram e ao se lembrar daquele com quem conviveu de modo tão próximo e que partiu, se sente triste. Mas faz uma oração para todos, em especial para aquele que estava sob seus cuidados: "Que descanse em paz!" E recomeça suas tarefas no dia seguinte, pois ama o que faz e existem pessoas que precisam de seu auxílio. Olho para ela e seu sorriso sereno de menina me diz que tudo isso é verdade.

Terminamos as entrevistas e, conversando com minha amiga psicóloga, revelo que me senti tocado e emocionado ao ver seres tão humanos. Ela concorda comigo.

Saio do trabalho. Me vejo andando pelas ruas de minha cidade. Sinto-me diferente: acredito que o mal existe, mas o bem também é real. Olho para o pôr do sol e acredito num novo dia que virá.

Esta obra foi composta em Minion 11/14.
Impressa com miolo em offset 75g e capa em cartão 250g,
por Createspace/ Amazon.

www.ingramcontent.com/pod-product-compliance
Lightning Source LLC
Chambersburg PA
CBHW072127170626
46813CB00004B/1722